U0622838

Colecção Literatura de Macau

澳門基金會　中華文學基金會
FUNDAÇÃO MACAU

·散 文·

一个人的广场舞

古冰 / 著

作家出版社

澳门文学丛书

编委名单

总 序

　　值此"澳门文学丛书"出版之际，我不由想起1997年3月至2013年4月之间，对澳门的几次造访。在这几次访问中，从街边散步到社团座谈，从文化广场到大学讲堂，我遇见的文学创作者和爱好者越来越多，我置身于其中的文学气氛越来越浓，我被问及的各种各样的问题，也越来越集中于澳门文学的建设上来。这让我强烈地感觉到：澳门文学正在走向自觉，一个澳门人自己的文学时代即将到来。

　　事实确乎如此。包括诗歌、小说、散文、评论在内的"澳门文学丛书"，经过广泛征集、精心筛选，已颇具规模。这一批数量可观的文本，是文学对当代澳门的真情观照，是老中青三代写作人奋力开拓并自我证明的丰硕成果。由此，我们欣喜地发现，一块与澳门人语言、生命和精神紧密结合的文学高地，正一步一步地隆起。

　　在澳门，有一群为数不少的写作人，他们不慕荣利，不怕寂寞，在沉重的工作和生活的双重压力下，心甘情愿地挤出时间来，从事文学书写。这种纯业余的写作方式，完全是出于一种兴趣，一种热爱，一种诗意追求的精神需要。惟其如此，他们的笔触是自由的，体现着一种充分的主体性；他们的喜怒哀乐，他们对于社会人生和自身命运的思考，也是恳切的，流淌着一种发自肺腑的真诚。澳门众多的写作人，就这样从语言与生活的密切关联里，坚守着文学，坚持文学书写，使文学的重要性在心灵深处保持不变，使澳门文学的亮丽风景得以形成，从而表现了澳门人的自尊和自爱，真是弥足珍贵。这情形呼应着一个令人振奋的现实：在物欲喧嚣、拜金主义盛行的当下，在视听信息量极大的网络、多媒体面前，学问、智慧、理念、心胸、情操与文学的全部内涵，并没有被取代，即便是在博彩业特别兴旺发达的澳门小城。

文学是一个民族的精神花朵，一个民族的精神史；文学是一个民族的品位和素质，一个民族的乃至影响世界的智慧和胸襟。我们写作人要敢于看不起那些空心化、浅薄化、碎片化、一味搞笑、肆意恶搞、咋咋呼呼迎合起哄的所谓"作品"。在我们的心目中，应该有屈原、司马迁、陶渊明、李白、杜甫、王维、苏轼、辛弃疾、陆游、关汉卿、王实甫、汤显祖、曹雪芹、蒲松龄；应该有莎士比亚、歌德、雨果、巴尔扎克、普希金、托尔斯泰、陀思妥耶夫斯基、罗曼·罗兰、马尔克斯、艾略特、卡夫卡、乔伊斯、福克纳……他们才是我们写作人努力学习，并奋力追赶和超越的标杆。澳门文学成长的过程中，正不断地透露出这种勇气和追求，这让我对她的健康发展，充满了美好的期待。

毋庸讳言，澳门文学或许还存在着这样那样的不足，甚至或许还显得有些稚嫩，但正如鲁迅所说，幼稚并不可怕，不腐败就好。澳门的朋友——尤其年轻的朋友要沉得住气，静下心来，默默耕耘，日将月就，在持续的辛劳付出中，去实现走向世界的过程。从"澳门文学丛书"看，澳门文学生态状况优良，写作群体年龄层次均衡，各种文学样式齐头并进，各种风格流派不囿于一，传统性、开放性、本土性、杂糅性，将古今、中西、雅俗兼容并蓄，呈现出一种丰富多彩而又色彩各异的"鸡尾酒"式的文学景象，这在中华民族文学画卷中颇具代表性，是有特色、有生命力、可持续发展的文学。

这套作家出版社版的文学丛书，体现着一种对澳门文学的尊重、珍视和爱护，必将极大地鼓舞和推动澳门文学的发展。就小城而言，这是她回归祖国之后，文学收获的第一次较全面的总结和较集中的展示；从全国来看，这又是一个观赏的橱窗，内地写作人和读者可由此了解、认识澳门文学，澳门写作人也可以在更广远的时空里，听取物议，汲取营养，提高自信力和创造力。真应该感谢"澳门文学丛书"的策划者、编辑者和出版者，他们为澳门文学乃至中国文学建设，做了一件十分有意义的事。

是为序。

2014.6.6

目 录
CONTENTS

时　事

艺 事

情　事

故　事

时　事

———

好生活

　　花莲舒适的生活使各地文人墨客慕名而至，其中特别叫我印象深刻的，却是一家以八十年历史的日式房舍改建而成的咖啡馆。

　　咖啡馆藏身小巷，隐蔽却不失热闹。早上十时，我脱鞋，推门而入。店内有文学类的新旧书籍，也有各种当地特色文创产品，以及复古装饰如老电话、古老大钟、旧式风扇等。乍看之下，该是一家为文青而设的咖啡店。可现场所见，客人中有老中青三代所组成的家庭，也有四名公公婆婆围成一桌，谈笑风生。而中年夫妻、年轻恋人、三五成群的大学生，以及独行怪客如我，也是店内风景之一。这类对各族群都亲善的咖啡店，在台北或澳门，都难觅见。究其因由，大概是在我们高度现代化的城市里，总爱为人或物分门别类，咖啡店老板锁定目标客源，据其生活模式，打造属于他们的咖啡店，却无意间对其他族群有所排拒。我们很少见到一家人在咖啡店聚会，大家几乎条件反射地认为，咖啡店不适合扶老携幼的家族聚餐。

　　那么，是什么把这些如此不一样的客人，聚集于花莲这家小店？我认为正是生活的连续性。店内大部分器物，包括放置餐具的柜子和每张桌椅，都用木制，常听到咔吱咔吱、来自日据时期或更远古时期的木屐声。加上精心安排的家具摆设，令我遥想起《童年往事》和《牯岭街少年杀人事件》等电影中，住在日式民宅里的一家人。用身体也好，眼睛也罢，触碰这些老器物，就能感受到前人的生活，来自历史远方的呼唤。仅就此而言，老人自会怀想往昔，倍感亲切。相较之下，很多文青咖啡店，常常只放些独立音乐，摆满文艺书刊，高反差的灯光，切断了时代，直教上了年纪的人，一推开门，浑身不对劲，掉头就走。

毕竟努力打拚多年的上一辈，更重视日常生活感，而非在想象中自我完善的所谓"生活品味"。

单车的前世今生

大半世纪前，单车仍是实用的工具，数以万计劳动阶层每日含辛茹苦，以单车代步，上班上学，送货送饭，每一踩每一踏都沾满了汗水。虽然身处汽车摩托泛滥的二十一世纪，但每次欣赏意大利经典电影《单车失窃记》，随着主角借以为生的单车被偷走，心总有戚戚焉。在那个年代，一辆单车，是劳动力的保证，宛如人们健康的四肢。

有传单车早在十九世纪已传入中国，但得到中国皇室的宠爱，却是二十世纪的事。1922 年，年仅十六岁的溥仪收到来自堂弟溥佳的新婚贺礼——英国产三枪牌单车。溥仪大喜，每天骑着这款洋气玩意儿，在宫中四处游走。由于宫门的门槛妨碍其随意穿行，溥仪更命人把这些老祖宗留下的遗产统统锯掉。这一举，不但锯掉了骑车的窒碍，也锯掉了大清的传统，可见溥仪对单车的痴迷。

单车的实际用途已今非昔比，我们仍可见一些送报送货工人，骑着单车在马路间穿梭，但很多稍有经济能力的，早已买下一台电单车。与单车相比，电单车不环保，却节省人力，车速更快，效率更高，更好地适应现代化城市的发展需求。于是单车的社会意义逐渐产生了变化，变成了一种奢侈的文青玩意儿，有闲阶级的生活品味。因为不赶时间，且响应席卷全球的环保浪潮，文青们在马路上迎风而踏，畅想自己正身处托斯卡尼的艳阳下，享受一个悠闲的下午。

在实用与奢侈之间，单车给人的浪漫想象仍历久不衰，是青春以及感情萌芽的象征。大学时期，虽然不是台大学生，我偶尔会走进台大校园，看看莘莘学子、单车高手，如何在椰林大道和各学院之间的广阔步道上，单手或完全放开双手，奔驰如招展的野花。青春的气息，让我想起那些一无所有、无所顾虑的日子，想起《甜蜜蜜》的黎小军和李翘，在陌生的城市中寻路迷惘、一起踏过的青葱岁月。

一张合照的意义

我有一位朋友，不愿与人合照。起初我以为她对自己的外貌缺乏信心，后来才明白，原来她不喜欢"和某人一同到此一游"的仪式感。

摄影术发明至今，照片由黑白走向彩色，从照相馆走向各种场所，相机由笨重走向轻巧，百多年来，合照一直是很多人非常重视的仪式，一张张满载情感的照片，曾抚慰无数分隔异地的亲友、情人们的心灵。时至今日，拍照已成举手之劳，渐渐地，不少人习惯在不同场合举起手机，和一些不太亲近的人合影，放在社交媒体上，刷一下存在感或建立个人形象。拍合照已由"非拍不可"变成"有好过无"、仪式感远大于情感浓度的行为。

撇开仪式感，合照也是帮助记忆的节点。一张合照，提醒你曾在某年某月，和某人去过迪士尼，凭照片上各人的表情，你会记起当时谁跟谁在吵架，谁和谁在暧昧。于此层面上，照片成了记忆体不足的大脑之延伸，给人"凝聚情感的仪式"以外的另一重意义。

在菲林相机年代，合照的仪式感也许更重。一张照片得来不易，首先你要带一部装上可用菲林的相机出门，选一个光线充足、景色优美的地点，确保人景俱美，构图刚刚好，再按下快门。由于每按一次快门都要用一格菲林，你没有太多重拍机会。拍完拿菲林去冲洗，等上几天，才收到一张难以修改的

3R 或 4R 照片。你会珍重地将它放进家庭相簿，留待日后心血来潮时翻出来重温。因为过程繁复，照片中的各人之间，相较于现在，一般都有更紧密的情感联系。

无可否认，科技带来便利，今天当你拍一张大家族合照，只需按下手机快门，将数码照片放上通讯群组，群组中的所有家族成员都可下载留存。至于是否印成实体照片并放进家庭相簿，则取决于照片对各人的意义了。

手抖的能力

以纪实摄影闻名的中国摄影师严明，有一次为一位在英国读艺术的中国女生拍照，那是他首次接触私摄影。他们在不同场景里拍了好几天，后来，到了女生的闺房，严明抓拍了很多换衣服的照片。过程中，背靠墙壁的摄影师，手一直抖个不停。不过，拍出来的作品，女生相当满意。

严明坦言，手抖，是因为他有反应，有感觉，对于未知，不擅长的事物，拍摄陌生女性的私密行为，他"懂得"胆怯。作为一位摄影师，他强调，最珍贵的"才"，是持续感动的能力。

同样擅长捕捉中国社会面貌的导演贾樟柯，也十分重视这种能力。拍摄电影的过程中，令他最不安的，就是非常畅顺、理所当然、无须思考的流水式作业状态。在他看来，那种状态很危险，没有对环境、对人、对当下做出反应，没有碰撞、思考，就很难创作出有灵魂的作品。

简而言之，无论是摄影、电影、绘画、音乐等领域中的哪一个，技艺精湛的人，同时有持续感动的能力，会成为艺术家；而只有技艺却不易感动，便成了工匠。

工匠作品是有模板的，艺术作品则无公式可循。艺术创作的过程中，无人能保证成品定能打动别人。正因如此，艺术创作的每一步都是未知，难免令人"手抖"。如果把工匠作品比作分析数据后高度拟真的人工智能，艺术家创作无疑是任灵魂附体，乍听之下似异端邪说。很多人觉得，灵魂附体是神棍伎俩，远不如由大数据组成的人工智能可靠。

这就是艺术创作在消费市场上的可悲之处：人们会偏向选择经精密计算后，较易使多数人"持续感动"的工匠作品，而非令创作者感动、徒具虚无缥缈之所谓"灵魂"的艺术。毕竟"灵魂"这玩意儿，不是每个人都能看见的。

老朋友

所谓"家有一老，如有一宝"，前几天有幸看到澳门城市艺穗节的《握握手，做个老朋友》，听长者们分享自己的人生故事，不禁概叹：这些岂止是他们的个人史，更是澳门珍贵的口述历史呢。

活动一开始，老友记领着观众们一起玩几十年前流行的澳门老游戏，由简单的绳子、竹签和沙包等组成，年轻人开眼界之余，也乐在其中。原来几十年前，靠着一些小物件小智慧，获得快乐是如此简单。

而戏肉则是最后的故事分享。有人说起自己曾经花两年时间存钱，去当铺买一只二手表；有人说起自己毅然辍学，漂洋过海到香港学造电视机；有人忆述自己开士多、亲自爬上楼为街坊送火水。一点一滴的当年情事，八〇、九〇后的年轻人或许无法想象，却是养育我们长大的一代人的共同记忆。尽管时代急遽变迁，老的价值观已未必适用，但那些简朴的智慧，很多仍一直受用至今。

还记得外公在世时，常常说起自己年轻时的艰困经历。我们这代年轻人总嫌他烦，把一个故事重复一遍又一遍，没完没了。现在回想，这些故事在我的脑海里几乎已不留痕迹，真后悔当时未牢记在心，如同对待一本经典史书，好好地翻阅。历史著作遗失了可以再找，但老人家仙游，他们的故事，连同个中的人生智慧，如未被记下，便将永远失佚。那将是多么可惜的事。

　　七十年代，澳凼大桥初落成，一位长者和丈夫一起，带着两名年幼的儿子走路过桥，一直走到凼仔市区。彼时人车稀少，她抬头，望见蓝天白云，以及穿过晴空的飞鸟，呼吸着新鲜空气，来回走了三小时，却不觉一丝疲累。那是多么悠闲而美好的一天。那样的经历，她只有过两三次，几十年过后，久别回头，事过境迁，却依然历历在目，成为一段可堪回味、深刻隽永的记忆。

口头禅

工作所需，常要面对大堆待剪辑的访问。电视节目出街时，确保节目中每个人说的话都流畅自然，切中要害，于我而言，是最基本，也是最重要的目标。因此，如何去芜存菁，也需要一点考究。

要找重点，考验的是编辑能力，简单的话二中选一，繁复的可能要十中取一。剪辑，要学会取舍，这是最令人头疼和心疼的部分，大概类似那些比赛评审，常常不得不淘汰一些优秀选手。而要剪得流畅自然，实际上就要把句子中或句子间过长的停顿剪短，或剪掉其中无意义的字句，尤其是受访者不自觉的口头禅。

剪接时遇过最多的口头禅莫过于"其实"了。无可否认，这个词很好用，想要说明什么或纠正其他人的看法时总会用得上。但很多人用得过度，每两三句一个"其实"，有时简单道理也要先来一个"其实"，一不小心就用滥了，听起来句子累赘之余，又会给人唯我独尊的感觉，你们说的都不对，唯独老子说的才是真理。每当遇到通篇"其实"，我都会把必要的留下，多余的剪掉，像剪发一样，咔，咔，咔，清爽多了。

口头禅总是脱口而出，很多人甚至都不自知，不自知自然就不能修饰，所以某种程度上可反映一个人的个性。"咁"说得多，显得迟疑不决，做决定不爽快；"我觉得"也屡听不鲜，本来一句普通句子就可完整表达的个人意见，硬要统统加上

"我觉得"，太自我了。

而我，虽然一直叨絮别人的口头禅，也理应自我审察一番。"应该"，即使不算一个，也算我的半个口头禅吧，说多了，就是凡事不敢肯定，对于世事，充满怀疑。

我有位朋友，每次来电，第一句话肯定是"没事啊"，然后才开始说她的事情。凡事先说没事，是先作缓冲，不好意思打扰别人。我每次都很想打断她：你既然说没事，怎么又开始说起事来呢？职业病发作的我，此时恨不得把声轨录下来，大刀剪掉。

别出心裁的文化贩卖者

受疫情影响，留在家的时间多了，自然需要"储粮"，多买几本书。当然，旧书也不宜冷落，手边正好有一本新加坡出品的当地散文集，薄薄一本，设计精良有心思，是去年二月从新加坡独立书店 Books Actually 购入的。

这家主要售卖英文书的书店，坐落于上世纪三十年代由英国殖民地政府于新加坡兴建的公共社区中峇鲁。中峇鲁游客不多，建筑仍保留殖民地特色，房子低矮，独立小店零星散落于社区中，和著名景区相比，商业味相对稀薄，行走在巷弄之间，身心舒畅。

有别于其他小店，书店内慕名而来的外国游客倒不少。和连锁书店不同的是，这里主要以文学作品为主，更有大量由书店自家出版的本地文学。他们一般只出版由新加坡人或曾在新加坡留学、居住的作者所书写的文学作品，对于想要集中了解新加坡文化和文学的游客、学者而言，无疑是一大宝库。此外，出版社也在策划上花了不少心思，出版过一系列以新加坡不同社区为题的创作，找十位曾于该社区长住的作家，创作十个在当地发生的故事，然后结集出版，并以该社区的摄影作品做封面。类似的出版计划，除了强化民族文化认同外，也是研究当地文化的重要窗口。即使走马看花，不看内文，只看书封，这家书店已够令人目不暇接，逛上一两小时，乐而忘返。

走出书店，我才发现店外有一台贩卖机。与一般贩卖机不同，这一台不卖零食、饮料或水果，只卖书。更别出心裁的是，每本书都用有寿司图案的米色纸张精心包装，看不见包装内卖的是什么书。每本书售价划一，只有号码不同，投了币，随便挑个号码，就如扭蛋般，夹杂着期待的心情，等待一份"礼物"掉下来。这令我想起《阿甘正传》里的名言：生命就像一盒巧克力，你永远不知道你将得到什么。

步行街上的假日气氛

旅游在外，作为闲来无事的旅客，我特别喜欢逛著名的旅游区步行街。只要未到如万人游行般水泄不通的地步，往塞满来自世界各地游客的步行街溜达溜达，已成为我旅游习惯的重要成分。像台北西门町、云南丽江古镇、北京南锣鼓巷、越南会安古镇和新加坡牛车水等等，古今融合，风格各异其趣，有文化有时尚。虽然不少人抱怨为迎合游客，这些地区变得愈来愈商业化，原来的韵味逐渐消失，但作为从日常生活中走出来透透气的旅人，我喜欢在充满假日气氛、仿佛"日不落"的热闹街巷中穿梭流连。

当然，要看庶民生活、历史建筑，这些地方未必是好选择，甚至会影响部分当地人的生活。但每当我混入各式各样的人流中，所有人都带着好客的笑容（当地小贩）或好奇的目光（外地游客），没有满脸愁容、为工作或家庭奔波的紧张氛围，我自然不会想起家乡的琐事与工作，"放假模式"长开，强烈地感受到自己正在度假。

同时，走在这些步行街上，我感到自在与安全。周遭的人都是同类，是外来者、探索者，彼此虽是陌生人，却又再熟悉不过。不像普遍的生活场景，旅人永远是入侵的异类，以游者的目光审视地方的日常。当所有人都在为生活忙碌时，我们却游手好闲地观察他们，完全以一副格格不入的外来者姿态出现。除非立下决心混入其中，生活好一段日子，不然这种观察也难免是片面的。

话虽如此，有趣的是，当这些步行街成为旅游区的一部分，区内小贩的生活也是当地人日常生活的一部分。他们亲切的笑容，与工作脱不了关系，是镶嵌在当地的一抹既特殊又平凡的生活图景。我们这些习惯在游客区沾染假日气息的旅人，又是否理解这些小贩们笑容背后的辛酸与焦虑呢？

路环小孩的大世界

作为全球人口密度最高的地区，澳门每平方公里塞了二万多人。市区人车抢道，若走在繁华的新马路，似乎连呼吸的空气都不够用。于是，人口密度二千人不到的路环，就成了不少澳门人假日外游、呼吸新鲜空气的后花园。

上世纪六十年代，路环常住居民仅数百人，地广人稀，生活简单纯朴。对于当时只有几岁的路环小孩、《雪狼湖》的作者钟伟民而言，路环是一个偌大、美好的世界。当年路环的学生坐船去澳门旅行，神父甚至会为他们借一艘登陆舰。尽管东歪西吐是常态，那些平日没什么娱乐，连电影和电视都看不到的小孩，个个怀着冒险心情，肯定比今日的学生搭车去黑沙公园旅行兴奋得多。

小孩眼中的世界总比成年人大。如目的地相同，小孩走的路一定比成年人多，成人走五十步就能到的地方，小孩要走八十步。我依稀记得，童年时代从贾伯乐提督街培正到渡船街伟记百货，要经过很长的一段路程，渡船街几乎就是我的世界边缘。而今日，两地只有咫尺之距、数步之遥，是触手可及的邻街。这种距离感，只有习惯走路的人才会察觉到；坐车的，由于交通挤塞，同样的距离，随岁月推移，应该会觉得更遥远吧。

今天的父母，未必有意让小孩体验这种"世界真大"的感觉。为了使生活更为容易，让孩子得到最好的照顾，只要经济条件许可，买车几乎已不是选择，而是必然了。父母会开车接送孩子，会让他们上网看各种视频，认识世界。相对于跨出家门，这一代探索世界的方式便利得多，小孩只需安坐家中，点选视频，就能了解世界之大。

不过，了解与体验终究不同。像路环小孩钟伟民，童年时不上学，在街上到处游荡，"世界真大"的感觉一直深印在脑海中，亲身体验带来的记忆深刻难忘，成为日后数十年的创作源泉。

游机河

澳门地小，娱乐消遣不多。澳车北上热潮兴起前，澳门人喜欢在市内自驾兜风，俗称"游车河"。"游车河"，顾名思义，脱胎自"游船河"，早自一千多年前隋炀帝杨广坐龙船游运河开始，古人就有了坐船沿河游历、慢慢欣赏岸上风光的雅兴。随时代进步，陆上交通工具便捷，除了远距离欣赏沿岸景致，人们也喜欢坐在汽车的舒适座椅上，近距离感受城市的脉动。"游车河"一般没有特定目的地，随心而行，重点是"游"，必须有旅游的感觉，因此要慢，要自在舒服，无人希望在"游车河"的过程中"晕车浪"。

小时候，每逢大年初一的早上，我们一家人会去妈阁庙拜神，而每次我最期待的，就是妈阁庙对面、海事博物馆外的"游船河"活动。依稀记得，当年的大帆船会载着我们，在河上行驶约十五分钟，然后折返。即使是冬天，船上热闹的氛围，仍使我倍感温暖。辽阔的天空触手可及，微凉的风轻轻拂面而过，细碎的雨点随风抖落，渺小的我，摇摇晃晃中，幻想自己是个探险家。

虽然长大后，也不时有机会坐在别人车上"游车河"，但少年时在妈阁"游船河"带来的兴奋与满足感，始终无可替代。近些年，受疫情所困，邻埠和某些国家都有推行"游机河"活动，让无法像往常一样频繁地坐飞机出国旅行的广大市民，有机会回到狭小的飞机座位上，来一场不在乎目的地的"旅行"。

尽管只能在飞机上隔着小小的窗户，欣赏距离数千米、早已非常熟悉的本市（或本国）风景，但热爱"游河"的人们，有幸以不一样的角度"游"过这些山河与建筑，也别具一番滋味。

想起童年爱玩的纸飞机，飞得快飞得远总是大家追求的。但当计划赶不上变化，想象自己搭乘一架在空中盘旋折返的纸飞机，静下心来，尝试以外来者的目光，在自己的城市"旅游"，亦不失为一种另类的享受。

活在当下，情由心生

当我仍是个浑浑噩噩的电影系学生时，有一次战战兢兢地拿着自己的短片初剪给台湾的剪接大师廖庆松老师看，期望他能给我指点迷津。影片放完后，廖桑也从睡梦中醒来，对我说："几年没见，你拍片还是那么理性啊！"

我不确定除了几年前的一堆关渡空镜外，廖老师还有否看过我拍的其他东西，但记性奇差的我却一直把这话放在心里（应该说脑袋里），而从未参透个中深意。我的理解是，我创作时想法也许一大堆，拍片犹如写论文，却冷冰冰没放什么感情。直至近日，当我再反复咀嚼廖桑的话，才发现他的言外之意：你还是没用心拍片啊！

廖老师是台湾新电影时期的著名剪接师，多年来为侯孝贤、杨德昌等新电影导演剪过不少得奖佳作。有几十年剪接经验的他，在研究所从来不教剪接，却开了一门叫"电影结构"的课，让同学们走出教室，在校园内拍空镜，从第一堂拍到最后一堂，拍完放给大家看，和老师同学们讨论。对于平时有摄影兴趣和习惯的同学而言，他们总有一套构图技巧，而廖桑要做的就是把这些经精密计算过的理性准则从同学们的脑中抹去，改为用心观察，用心感受，把自己过去所累积的想法掏空，接受环境对眼前画面的形塑。

其实就创作一部电影而言，无论是编剧、导演、表演、摄影还是剪接，不同部门的原理是相通的，都是在学习了一切技巧之后，试图把技巧放下，抛开条条框框，放胆让自己去感受当下，在当下被影响，被感动。情由心生，真正让观众铭记的电影通常是能走进他们内心，和他们的生命有所联结的作品，而非仅仅使他们赞叹其技巧和剧情设计有多聪明的"工匠作品"或"烧脑之作"。

不过，用心拍的作品也不一定能使观众提起精神，正如世上所有用心之作，都需要有心人去发掘，去领悟；无用心之看客，则常以一"闷"字，为其盖棺论定，实为一大憾事。

当我们看世界杯时，我们在看什么？

四年一度的世界杯正进行得如火如荼，对于一众球迷而言，当然是纵夜狂欢的日子，与同样热爱足球的朋友们把酒论球，为爱队擂鼓助威，自然是赏心乐事；而对于普罗大众来说，世界杯也是一件不容忽视的国际大事，而且持续长达一个月，若不看几场球赛，不挑几支爱队来支持，不在社交媒体上跟风洗版，对球星们评头品足一番，也不好意思说自己身处地球村，与世界接轨。

像我一个长年钟爱曼联的球迷，对任何国家队都不抱特殊情感，基本上只对拥有较多曼联球员的国家队稍有好感。因此，世界杯月，客观一点，凑个热闹，欣赏球技和战术，以及那些峰回路转、扣人心弦、死编烂写都写不出来的剧情，也足以令我大呼过瘾。

世界杯一直是多元文化的大熔炉。球场上，国家之间暂时放下恩怨与成见，单纯地为一项竞赛的胜利而战，不失为一桩美事。时至今日，互联网发达，世界杯更成了大众的地理通识课，因为冰岛崛起，人们才认识到冰岛是一个人口比澳门还要少的国家，而且把球王梅西的十二码扑出来的门将同时是一位影视导演，他们的教练还当过牙医。一个个励志故事甚至超出足球范畴，告诉我们人生充满无限可能。

看世界杯，球迷自然兴奋，而单纯的球星粉丝亦不少。当今球坛首屈一指的球王级人物梅西和 C 罗，均坐拥数以千万粉丝，其球技、人品以至人生故事都为人津津乐道。可是，当看到韩国当家球星孙兴慜输掉球赛后，在总统文在寅面前黯然泪下，不禁令我想到这些肩负国家荣辱的各国球星们，如阿根廷的梅西、葡萄牙的C罗、巴西的尼马、韩国的孙兴慜和埃及的沙拿等，他们肩上的压力是何等巨大。世界杯四年一届，此番失败回国，要再等四年（且不一定能打入正赛），但他们的职业生涯还有多少个四年？

世界杯总提醒我们，时间如白驹过隙。下一届，我们和这些球星一样，四年青春转眼逝，2022年，我们又将身处何方？面对一个怎样的世界？

当我们拍摄食物时，我们在拍什么？

数年前和亲戚们去某餐厅吃饭，一盘盘精致美食端上餐桌，那年头"相机先吃"的文化开始流行，大家争相为众"佳丽"拍照，只有我，不动如山，像个不食人间烟火的老和尚。身旁亲戚问我为何不拍照，我说，大餐厅的美食，网上照片多的是，而且必然拍得更好看。亲戚一笑，点头称是。

没想到近年我也喜欢拍食物。有趣的是，我很少在网上贴美食照，也甚少传给朋友看，照片大多藏在手机相簿里，连自己都不会多看一眼。于是我反思，为什么我还要拍？

有人拍美食照是为了记录生活，有人要在暗恋对象的朋友圈内刷存在感，也有人放在自己的网志上为众生指点迷津。当然，单纯因为对食物一见钟情亦大有人在，毕竟人类天生就会被美丽的事物吸引，我们说食物的"色香味"，"色"放在第一位，卖相好的食物摆在眼前，是视觉享受，拿起相机记录是人之常情。

至于我，起初是为了打开与爱吃的暗恋对象之间的话题，后来是真的喜欢为食物拍照，单纯地想让眼前的"模特儿"看起来更美。

拍食物实际上捕捉了人与食物初次相遇时的期待。你不会在吃到一半时拿起相机拍照，你总是在食物被装扮得精致完美时，把它最美的一面保存下来。此时，它对你而言仍然陌生，你捕捉到的，是一份神秘未知，一份期待，这份期待，决定了你把它拍下来的视角。而那一瞬间你对眼前食物的微妙感觉，在你放下手机，吃下第一口之后，再也无法寻回。

一张美食照，见证了人与食物的短暂相遇。在拍下食物的一刻，你不知道，将来会否和它建立一段长久的关系。一个人一生会爱上很多食物，不断和它们约会；而那些和你只有一面之缘的食物，可能外表不错，但不怎么好吃，马上会成为你人生中的过去时，记也记不住，照片几乎是你们曾经相遇的唯一证明。

将来你把照片翻出来，也许会感叹：唉，那时候真傻，竟曾为它着迷。

低调的街拍摄影师

对于 1973 年首次踏足中国的街拍摄影师布鲁诺·巴贝（Bruno Barbey）而言，当时的中国，正处于"文化大革命"的动荡之中，眼前的一切景象，都无比鲜活而富有冲击力。经历并拍摄过 1968 年 5 月在巴黎发生的学生运动，这位马格兰摄影师对中国以及共产党，不可能没有一点了解。但带着相机，游走在中国富有特色的大街小巷，布鲁诺认知到，他要做的，是保持无知。

"我对中国没有任何先入为主的概念……我当时抱着迎接惊奇和新发现的心态。"和很多当年的西方人不同，布鲁诺摒除所有二元对立的心态，不带政治立场地展开他的拍摄旅程。没有立场，才能尽量不被偏见蒙蔽，才能保持捕捉新景象的热情，尽可能地发现眼前大千世界的真相。他只是单纯地走进一个崭新的世界，看看当地人如何生活。

当一位摄影师，不先入为主地想以手中的相机，印证自己对一个国家的想法，他就更能融入自己身处的环境，不具备侵略性，低调地和当地人共处。不动声色，保持低调，漆上一层保护色，是街拍摄影师的必修课。唯有友好，唯有一同生活其中，为社群做出贡献，才可被社群接纳，让社群成员卸下心理防卫。

街拍，和风景摄影、静物摄影、人像摄影都不同，需要特殊的思维模式，需要更客观谦卑的态度。带上相机上街拍摄，构图、打光并不总是像其他主题摄影般具有"创造性"。有时即使无法准确对焦，也未必会毁掉一张照片。街拍更讲究的，是空间、人物、可想象性，很多时候，作为神来之笔的自然光或场景光，也可以给作品赋予灵魂。

像一篇写实小说，一张街拍照片，呈现出外在的现实，令观众如身临其境，为之动容。

大师与工匠

在推特和 IG 上欣赏了很多备受爱戴或得奖的摄影作品后，开始有了审美疲劳。虽不至于互相抄袭，但愈来愈常看见一些重复的作品。很多摄影师为了拍出和大师一样的照片，看过常得奖的作品，有意无意间，都会尝试模仿。渐渐地，如同卖座电影，摄影也出现了公式，摄影师们开始寻找一些元素，亦非常了解最会令人叹为观止的角度，于是就在自己的照片中把它们拼凑成一张"优秀照片"。甚至有一大堆摄影师在摸透得奖常客的主题后，会揪团一起到特定地点让当地人重演某些仪式，满足外国人的猎奇心理。结果你会发现，某些得奖作品，和你在某高级酒店的客房内见过的照片大同小异，或和你的电脑桌面预设背景不谋而合。那些曾被认为独一无二的艺术作品，也开始成为失去独特性的商业摄影，如班雅明笔下、在机器复制时代中逐渐衰亡的艺术灵光。而吞噬摄影灵光的，除了数码化的复制倾向（消灭了手冲菲林的艺术差异）外，更有在摄影奖的催化下，促使人类自我复制的倾向。

摄影和电影不同，和写作则有更大的差异。写作需要起承转合，铺排延展，需要故事的支撑，或至少要有情感的累积；而摄影则完全是视觉化的艺术形式，摄影师只能通过一格画面来表达作品的所有内涵，因此摄影不能迂回，要直接而富有冲击力。如果商业电影和写作的公式是按时间堆叠镶嵌，让三幕剧的高低潮环环相扣，精准算计，商业摄影的镶嵌则是空间上的，在拍摄的当下和电脑后制中，像绘画一样形塑一个画面内的每项细节。

自从全球旅游变得便捷，摄影师可以飞到世界任何一个角落取景。加上器材的普及，基础并不扎实的摄影师，都能依样画葫芦，像绘制数字画般，模仿甚至复制大师名作。如何在摄影题材和取景角度上创新求变，才最能看出摄影师的功力。

人人都是创作者

印尼青年将自己每日坐在电脑前的自拍照制成 NFT 售卖，并一炮而红，照片被疯狂炒卖，又一次缔造了 NFT 市场上的销售奇迹。由于新闻广泛报道，愈来愈多亚洲人开始关注 NFT 市场，不少人更跃跃欲试，纷纷推出各自的 NFT 作品。

从未接触过 NFT 的人，对其印象大多不好，认为只是无聊的炒作，一群不懂艺术的人操弄市场，所谓的 NFT 跟艺术可谓完全扯不上关系。一张"右键下载"便可轻松取得的头像图片，为何动辄要花费数万元购买？在没有政府监管的前提下，NFT 市场更被认为是犯罪温床，高额交易恐怕并非单纯买卖。因此，在一片乱象下，有人想趁机靠创作 NFT 或炒卖别人作品来大赚一笔，大部分人则仍闻之却步。

其实撇开为赚取暴利而创作的头像类 NFT 系列，NFT 市场确实为不少初试啼声的创作者敞开了一扇大门。有别于传统艺术市场的地域限制，透过区块链和加密货币，不同国家与地区之间的艺术家，在各自的 Twitter 或 Instagram 等社交媒体上，便能轻易推销自己的创作，促进艺术家之间，以至艺术家和收藏家之间的交流。

相比于积极提高作品的曝光度，以赚取真金白银，在 NFT 市场上的艺术家，更在意的是"社群"的观念。当一群持续创作并互相欣赏的艺术家，渐渐在社交媒体上集结起来，便会形成一个个庞大的"社群"。每天都会有热心推动社群发展的人，举办各式各样不同主题的分享会，让艺术家以至收藏家们介绍自己及其作品，或讨论各自的创作收藏心得。这种随时随地都能开展的"艺术沙龙"，展现了"去中心化"的活力，为创作者提供了很大的便利，是在传统艺术市场中难以实现的。

当然，门槛的降低也使NFT市场良莠不齐，充斥着功利主义者和滥竽充数之徒，不一定有利于提高大众的艺术鉴赏力。

相约元宇宙

多年前在台北，刚好碰上德国名导温达斯（Wim Wenders）来台演讲。现场的体验是震撼难忘的，能和以前只在教科书或电影中被研究品读的伟大创作者见面，机会可遇不可求。

近年，虽然疫情肆虐，不时仍有影视创作者或作家来澳与影迷、书迷见面，但也愈来愈多是透过视像连线，让观众们透过大银幕和创作者互动。虽然在物理上不如以往般与大师接近，但也不失为另一种"在场"，至少在时间上对接了，而科技，仿佛使视讯中特写的大师，与我们更亲近。

几天前，应一位伊朗朋友的邀请，到元宇宙展馆，参观他的摄影作品与数字藏品。四五位来自世界不同角落的创作者，在他舒适的家庭展馆中，使用像《模拟市民》一般的立体人偶替身，互打招呼。在伊朗朋友的导赏下，我们欣赏他的摄影作品，听他娓娓道来每张作品背后的故事。然后，他分享了他的电脑屏幕，向我们展示他最近在整理的作品。也许不少大公司已在日常工作中应用这项技术，但作为科技白痴的我，初次体会，觉得很有意思。或许当技术更普及，现实生活中的讲座、教学与会议，将完全不再受地域限制；而相隔异地的朋友，只要有互联网覆盖，即使远在大洋洲或非洲，都能在元宇宙中聚会，一起看电影，或听一场五月天线上演唱会……

试想，当技术更趋成熟，以后大师办座谈会，只需定好日期，观众事前购买入场券，在约定时间戴上 VR 眼镜，进入他的虚拟演讲厅（甚至他设计的家），看一部他的电影，听他分享创作心得。虽然某程度上，疫情是对全球化的一记当头棒喝，但事实上却催化了真正的全球化，我们透过科技网，将世界连成一线，让所有志同道合的人，打破时空界限，"在场"交流。

人机融合的 Cyborg 仍未普及之际，科技与地球村已悄然融合成密不可分的庞大 Cyborg。

艺术已死?

美国某绘画比赛的首奖被证实由Midjourney AI生成,引发轩然大波,AI将在艺术领域超越人类的讨论空前热烈。

典型的Midjourney画风,加上"圆"和"人的背影"等招牌元素,只要对Midjourney稍有了解,就能轻易判断出得奖作品《空间剧院》是由Midjourney生成的画作。能被大众使用的AI绘图工具仍未发展成熟,仔细观看,会发现很多细节不尽如人意。在Twitter上几乎每天都有关于AI生成和人类原创的激烈讨论,双方的拥护者唇枪舌剑,AI艺术家们认为运用AI创作突破了他们的局限,能更细致地描绘其天马行空的想象;而极度抗拒AI的摄影师和画家们,则不能忍受他们努力学成的技艺,或历经千辛万苦才能捕捉到的影像,竟被那些懒惰的所谓"创作者"们、舒舒服服地在家用几个关键字就能生成的图像所取代。

Midjourney的操作非常简单,只要在其Discord上输入数个关键字,加上你想要的风格(某个流派的画家、摄影师或导演的名字),等待约一分钟,AI就会依照你的指示,生成四张不同的图像。你再选择自己想要的方向,延伸生成另外四张图像,直至最终得到令你满意的作品为止。

然而,创作优秀的AI作品并不如大众想象般简单。有创作经验的人都知道,从无到有,永远是创作过程中艰难的一步。即使是几个关键字,要表达什么,如何开始,真正体现了人类的智慧。AI 艺术家就像电影创作中的导演，而 AI 就是演员、摄影师、美术指导、剪接师、配乐家等，以强大的专业知识和资料库，作为强而有力的助手，补足导演在美学上的缺失，为他们提供更多选择，甚至惊喜。而导演则透过无数选择与决定，展现出他们的美学和视野。

在如此有机而美好的合作中，难道有人会质疑一部伟大电影不是导演的作品、一幅美丽的 AI 生成画作不是人类艺术家的创作吗？

作为数字的货币

上回在北京，早起买早餐，却担心早餐店不接受现金。难得老板娘点头，我喜出望外，递给她一张百元大钞。她眉头一皱，翻遍了钱包，才勉强凑齐零碎的纸币，找续给我。相比起九年前我在北京短住的一个月，如今的北京，乃至整个中国，支付方式都发生了翻天覆地的转变。这年头，没开通任何在内地能使用的手机支付方式的我，钱包内塞满百元纸钞，游荡在大街小巷之间，像从远古穿越而来的原始人，若然没有朋友帮忙，相信很难在内地大城市生活。

犹记得童年时，每个小孩家中都有存钱罐，小孩把零用钱、利是钱折起来，通过狭小的缝，投入存钱罐，学习储蓄，为自己想要的玩具、零食埋单。我也有过一个存钱罐，是塑胶制、标志性的中国银行摩天大楼。没多少收入的我，一般只会将硬币而非纸钞，存入这间"银行"。然而，随着科技进步，手机支付日趋流行，存钱罐或许快将被时代淘汰，成为历史。以后小孩都会直接把钱存入手机 APP，金钱不再是一个个能抛能掷的硬币，也不是会脏会皱会破的纸张，而只是一堆闻不着摸不到的数字。但它们不会掉进水沟，也不会被顽皮的孩子用来投掷伤人，更不会成为传播病菌的媒介。从此以后，我们的金钱就像股市的数字，在手机内涨涨跌跌。而一部有充足电量的手机，才是我们外出必备的钱包。

小时候，偶尔会看到有人捧着一大袋硬币，去超级市场购物，那袋硬币，比他们买的商品还要重。付款时，把整袋硬币倒出来，慢慢数，收银员也只好无奈地陪他一起数。等算好了，十分钟已过去，排队人龙怨声载道。每当想起这个画面，我就觉得，电子支付，无论是现在的手机银行支付、微信支付、支付宝，抑或是据闻正在开发、将要推出的推特支付、电报机械人支付等等，都是改变人类生活的伟大产品啊！

网上战"疫"

眨眼又过农历年，受新冠疫情影响，过年不如以往热闹，却让我们明白，一切人类活动，和攸关生死的问题相比，实在微不足道。

犹记得小时候每逢过年，在满街震耳欲聋的爆竹轰鸣交响伴奏下，逢人皆先奉上一句"恭喜发财"。紧接着"恭喜发财"，男的一句"身壮力健"，女的一句"青春常驻"。2003年，经历"非典"浩劫后，每年的新年祝愿，已变成"新年快乐，身体健康"。人们降低了要求，不再疯狂渴望赚钱，也顾不上壮硕与否、貌美与否，无病无痛，健康至上。奢侈的祝愿少了，反而多了一份关怀。

这年头，病毒肆虐，人心惶惶。出门在外的人都戴上口罩，聚会或遇见熟人，隔着口罩，那两句"新年快乐，身体健康"更显得了无生气。

两场疫症，十七年间，最大改变是市民接收讯息的方式。2003年"非典"，脸书和微信朋友圈等仍未问世，人们主要通过电视接收官方讯息，一家独言之下，讯息掌握在一小撮专家、学者和政府官员手中，一般人自然不易接收到准确讯息，很多情况只能后知后觉。今时今日，一打开脸书、朋友圈和微博，各种转发分享铺天盖地，讯息蜂拥而至。资讯去中心化的结果，是相信官方讯息的人愈来愈少。于是问题不在于如何接收足够讯息，而在于如何筛选真实有效之讯息。谣言和虚假消息会制造恐慌，或粉饰太平，掩盖真相。我们能做的，就是尽量冷静下来，试图理性分析。看到每一则讯息，留意出处是否具权威性，同时不忘假设其为不实消息，再想想发布这样一则"假消息"的企图可能是什么，对哪些人有利。判断真假讯息，是这个资讯爆炸的互联网时代的重要课题。

十七年前，我们所有人，只有一场抗病战"疫"；如今，视乎你选择相信什么，每个人眼中，都有一场不同版本、轻重程度不一的互联网战"疫"。

满街"凡神"的时代

凡间的人被称为凡人，凡间的神姑且叫"凡神"。如今，各行各业，都有神一般的存在，歌星偶像大师，粉丝万千。我甚少去演唱会，也没去过粉丝见面会，无法理解把偶像当亲人或好朋友的粉丝，和偶像之间的情感是如何建立起来的。

遇见喜欢的歌手、明星或导演，我对他们的工作内容犹为好奇。但对于他们可能不擅长，或在我所尊崇的领域以外的，一概不感兴趣。对我来说，他们不是我的家人朋友，只能算是某项专业上的模范，在他们的领域上值得我们欣赏、学习。

但凡宗教皆由凡人所立，如无人相信，创立人即为疯子；反之，信的人多了，就成了信仰。

进入网络时代，信仰和偶像更如繁星，FB 专页、Instagram 账号、微博博主，每天贴几句金句，数万人转贴追随，日积月累，自然能超凡入圣上神台。造神运动，风靡全球，只要抓紧网民心理，当一个人气 Youtuber 或直播主，也够资格自封偶像。满大街是信仰，其实也是一把双刃剑，一套信仰一套准则，价值观多元，却易生混乱。而最悲哀的莫过于，很多人不仅以"凡神"为专业上的榜样，更把他们立为生活上的榜样。

偶像在专业领域上的能力教人叹为观止，我们尊奉他为"神"；而偶像在俗事上犯了错，我们又说，偶像皆凡人，犯错无可避免。没那么宽容的，则大加鞭挞，狠狠咒骂。但说白了，各家自扫门前雪，也轮不到一众陌生看客说三道四。

　　信仰令人信服，必有其可取之处，取其长正己身，无可厚非。只不过凡事皆有度，心中有尺，自不麻木。毕竟资讯泛滥，闲事多管无益。

欢迎来到游戏世界

自从 VR 科技走入我们的日常生活，人生和游戏的界线就变得更模糊。戴上 VR 眼镜，我们能轻易离开现实，进入一个人造虚拟世界。而这个虚拟世界，比以往所有电影和电子游戏更"自由"，你可以扭动脖子和身躯，选择自己想观看的焦点。像《挑战者一号》所描绘的未来，虚拟的游戏世界比现实人生有趣太多，甚至快要取代现实人生，而电影的年代设定，仅仅是二十多年后而已。可以想象，在不久的将来，我们很难说清，到底是游戏人生化，还是人生游戏化。

也许人生限制了我们对游戏的想象，也许贴近人生的游戏更能引起玩家青睐，电子游戏的设计总以我们的人生为蓝图，一言概之，是以冒险为本，让玩家完成一场接一场的旅程。当系列电影《盗墓者罗拉》占据院线时，一众机迷难忘深陷于这款经典游戏世界中的冒险岁月。说起《盗墓者罗拉》，不可不提那些令人津津乐道的秘技和金手指密码。为了有更多选择，到不同地方冒险，或仅仅因为在当前的关卡遇到瓶颈，年少的我常以特定指令，让罗拉"跳关"，翻开地图的另一面，展开崭新的旅程。不过这种粗暴地抽离游戏当下的做法，只会在游戏中成立。人生即使碰到任何不如意事，遇上不解之谜，还是要一关一关地打下去，没有秘技，难关不能说跳就跳，没努力过就没有选关的权利。

多年前父亲每天都会玩一款名为《太空侵略者》（*Space*

Invaders）的平面射击游戏，他每天都会把游戏从头到尾完成一次。我一直不解，为什么要重复玩一款游戏如此多遍？后来才渐渐明白，当我们乐在其中，又怎会一心只想完成游戏？我们常常认为"Game Over"代表输掉游戏，但只要可重新再来，继续享受游戏，我们就不会输，游戏依然继续。

像人生，"Game Over"如冷水浇头，却不代表终结，只要你愿意进入，依然享受，游戏永不结束。

科幻城市与"反应时代"

过年期间，到氹仔刚开幕的酒店闲逛。天幕广场相当宏伟，最令我惊讶的是四周布满了大大小小、不同形状的屏幕。屏幕上有时放映东南亚泼水节的庆祝盛况，有时则放映世界各地的山川水色、秀丽风景。有个小女孩在屏幕前手舞足蹈，仿佛和东南亚民众一起欢庆泼水节。而我则站在这些由屏幕围绕的广场中，似乎脱离了当下，被影像"转移"至世界各地，进入了后现代的分裂幻觉中。

由无数屏幕所组成的城市景观早已出现在很多科幻文本中，可以说，屏幕在城市中的密度，某程度上说明了城市现代化的水平。像东京这样的现代化城市先锋，各种系统已发展得甚为完善，城市景观早已被各种动态影像充斥。这些动态影像正逐渐取代传统广告，挑动观者的情绪与欲望，从而达致引领消费的最终目的。数十年前的电影《银翼杀手》中影像泛滥的科幻景观已逐渐成真，广告媒介历经几代演变，由最初的文字到画作，再渐渐演变成照片，以至近年的电视及网络广告，还有微电影，广告的形式由"静"演化成"动"。甚至在脸书上，这种演化也显而易见，图片取代了文字，影片又渐渐取代了图片。只消数十年光阴，我们的下一代可能再也无法忍受不久前人们仍习以为常，由文字和图片组成的静态广告。

作为影像工作者，随时代发展，工作机会有增无减，但也不禁为这个已然降临、由动态影像主导的时代感到忧心。我们渐渐失去欣赏静态美的能力，愈来愈难专注于阅读一切静态的事物，包括书、报纸、画作，甚至照片；对于尝试从一部缓慢的长镜头电影中欣赏日常生活的美，我们感到不耐烦。当我们习惯被各类影片"喂食"，视野确实开阔了，眼界在某程度上变得更"全球化"，但有了"广度"，却容易失去"深度"。

当我们同时要吃一顿饭、读一本书、看一个电视节目，以及用手机上网时，也许练就了一心多用的能力，但我们的"当下"已严重分裂。我们将要进入的，是一个只有"反应"而没有"思考"的时代。

奥斯卡颁奖礼的意义

《忘形水》夺得今年奥斯卡最佳电影，评论界议论纷纷。此片评价两极分化，盛赞的一群说其浪漫中有大爱，狠批的不满其内容无新意，且过度"政治正确"。

每年奥斯卡颁奖季，各路影评人和电影爱好者都来凑热闹，指手画脚为自己钟爱的入围影片摇旗呐喊，或痛斥一些徒具虚名的热门片。围绕一众入围电影的话题不外乎它们到底"有资格"抑或"无资格"得奖。可以说，一般观众以奥斯卡作为重要的观影指引，而对广大电影发烧友而言，这场年度盛事有时像一场游戏，看点之一是评审们今年有没有"迎合"自己的观影品位。

贵为全球最受瞩目的电影盛事，奥斯卡从来不是一个纯粹以电影艺术性为评奖原则的颁奖礼。尤其今年是圈内性丑闻事件被揭发后的首届奥斯卡，大家更关注有多少女性入围各奖项的竞逐，连带也更关注来自不同肤色和地域的少数族群电影人的作品，以及讨论相关议题的各类电影。不少人批评今届奥斯卡的"政治正确"倾向严重到令人作呕，基本上只要是处理黑人、女性、跨种族或同性恋相关问题的题材都会成为得奖热门。

其实奥斯卡政治正确也无可厚非，毕竟相比于嘉奖艺术成就高的电影，奥斯卡更倾向于考虑该为千疮百孔的现代社会，以及我们的下一代，留下什么样的信息，这是作为一个在全球范围内有巨大影响力的电影颁奖礼，或多或少要承担的宣教义务。实际上，真正的电影艺术爱好者会把更多目光，投向奥斯卡以外的三大影展——柏林、康城和威尼斯影展，要找艺术成就高的电影，从这些更偏向于以电影艺术本位做考量标准的影展中发掘，显然更靠谱一些。换言之，单纯以艺术性去批判奥斯卡的审美眼光，犹如摸错门牌，意义着实不大。

电影获奖值得与否，向来见仁见智。评奖活动本来就不客观，尤其在公关手段如此重要的今天，一部电影能否得奖，有太多不确定因素。公道自在人心，真正的好戏总能经受时间考验，于日后成为各种意义上的经典。

微电影

今天当你跟人说你在拍微电影，有人会觉得你和其他艺术创作者一样前途堪忧，另一些人则认为你是个有点商业头脑的广告人。微电影不是传统短片，却是介乎于艺术与商业之间的矛盾产物。

多年前，"微电影"一词开始流行，我和一众学电影的朋友们都十分抗拒，觉得它只是取巧而不尊重传统电影的发明。在西方国家，到目前为止都不流行"微电影"一词，类似性质的影片一般被称为"short advertising film"，摆明告诉观众它是一种广告，是长一点、会说完整故事的宣传片。

之所以说微电影既是艺术也很商业，是因为它需要说故事技巧，以包装它所宣传的理念或产品，说之以理，动之以情，不简单；而它同时又很商业，只服务于单一理念或产品，目的是让观众能毫不含糊地得到它所要传达的信息，最大化其传播效果。

我承认微电影实际上有存在并流行的必要，作为说故事技艺的通俗化，也作为商业行为的艺术化，在现代社会中是必然趋势。我唯一不能接受的是，很多人把短片当成微电影。我们说的"短片"，一般指的不是片长较短的影片，而是"电影短片"，只是省略了"电影"二字，虽然不常有机会在大银幕上放映，但肯定是为了"放上大银幕被观看"这一仪式而拍摄的。短片能引发观众对人生的思考，呈现人生或社会的复杂性；而我们不会在微电影中把故事暧昧化复杂化，微电影不允许存在多重解读的空间，掏钱请人拍微电影的客户也绝不容许。

VR 或 3D 电影的出现，并不使我对电影的未来感到悲观，因为那样的电影仍然是电影，只是叙事方式得到了革新，观众的体验方式将有所不同，但并不改变电影的本质。而在华人社会中，长期被忽视的"短片"，似乎借"微电影"之名，开始被人看见，却难掩刚一曝光即被误解的尴尬。

追逐死线的生活

自去年九月毕业回澳，不知不觉自由接案工作将近一年。虽然收入不算稳定，但尚能自给自足，工时有弹性，经常可安排余暇出游、读书和看电影。在澳门，不同领域的自由工作者愈来愈多，不少年轻人为了摆脱朝九晚五的单调工作，为自己创造更有利的创作条件，决心放弃稳定收入。不过，于我而言，自从加入自由影像工作的行列，追逐"死线"成了生活中很重要的一部分，表面上所谓的自由，也渐渐被这种工作习惯扼杀了。

细想之下，不只自由工作者，很多不同行业的人士都要为各种专案"赶进度"，每个"死线日"都俨然成了他们工作上的唯一目标，花了九牛二虎之力才征服了一座大山，紧接着又是另一座看似难以翻越的崇山峻岭。

"完成某项被指定的工作"似乎是社会化进程的必经之路，我们边骂边低头苦作，为的不过是三餐温饱。然而每当想起某年暑假花了两个月一页一页慢慢读完的《安娜·卡列尼娜》，还有大学时"贪玩"写下的短篇小说，抑或与朋友们一起乱拍的小短片，当初对未来没有太多规划，反而能无忧无虑地创作，兴趣不被各种死线束缚，一切都如此散漫，韶光无尽，似溪流不断，清澈甘甜。

内地作家毛尖为好友萧耳的散文集《锦灰堆 美人计》作序，说起萧的创作，毛不禁流露出钦羡心情："她的个人姿态既傲娇又散漫，同为写作者，我的所有文字都是约稿催逼稍微穿戴一下就出门了，但她这十几万字却闺秀般在自己宅邸养了多年，在这个匆忙急躁的年代，她守护的不仅是自己阅读经典的余裕，更是文艺青年和文艺最两情相悦的时刻。"

成长于此急躁时代，能保有一颗静得下来的心，甚为难得。习惯追逐死线的文艺青年很容易忘记初衷，在劳劳碌碌的连串"交货日"中，以为生活本该如此也只能如此。于是，一晃眼，半辈子过去，蓦然回首，才发现那些与文艺之间曾经有过的，最单纯的两情相悦，早已消亡于一丛丛浓密白发中。

写作路上的龟兔赛跑

不久前，一次写作分享中，有位学生问我：目前对你来说，写作最难是什么？

"有纪律地写作。"我扪心自问，诚恳回答。

创作人也许有同感：年少时，我们讲的"灵感"，神秘莫测，神圣迷人；随年岁渐长，"灵感"不再神秘，也没那么重要，剪裁灵感的工具，如充足的休息、敏锐的观察、良好的习惯、社会的历练等等，才至关重要。灵感无缘无故来敲门是神迹，所谓神迹，自然不常发生。有幸等来，也不过是块不错的布料，不会自动缝纫成衣。要缝出好衣裳，还得备好工具。

三十岁前挖掘才华，三十岁后沉淀人生。找到自己的节奏，养成良好的创作习惯，是磨好工具的良方。这些年来，有了感悟，却说易行难。

写作本是一门手艺，要发展成事业，或自成一家，则需要经营。经营，意味着持之以恒，甚至不计代价。台湾作家骆以军，无疑已成台湾小说界的老大哥，无数有志写作者的标杆。他之所以练得一手好文笔，盖因深谙龟兔赛跑的道理。自小好动的他，有阅读障碍，却未因此放弃，反之，明白自己缺乏如兔子般先天优势的他，坚持每日抄写经典小说，卑恭踏实地当一只乌龟，不怕慢到底，唯恐睡过头。慢写，慢读，慢悟，按适合自己的节奏，不倦地"跑"，才"跑"出今天的成绩。

同样坚持每天慢跑的，还有日本作家村上春树。村上曾说："如果因为忙就停下来，恐怕以后都没法跑了。"人都有惰性，习惯的打破，比建立容易得多。自觉有点儿天赋的人，一不小心，成了轻视乌龟的兔子，常态化的领跑，总会使他们忽视惰性的影响，产生"睡一会儿也无妨"的念头。

对于准备在写作路上走得更远的人而言，最大的敌人，莫过于"先睡一会儿也无妨"的想法。

为荣誉而战

四年一度的世界杯，再次燃起全世界球迷和非球迷的热情，成为大家茶余饭后的话题，学生和打工仔熬夜的"正当理由"。

今届世界杯爆冷频生，传统鱼腩部队沙特阿拉伯爆出史上最大冷门，击败有梅西压阵的传统劲旅阿根廷；另一支亚洲球队日本，更上演真人版《足球小将》，众志成城，勇挫欧洲豪强德国。世界杯赛场是每个足球员的梦想，也是奇迹之地，任何意想不到的赛果都可能发生。正因其瞬息万变，往往出人意料，连现今日益强大的人工智能的分析与预测，都显得毫无参考价值，沦为广大球迷的笑柄。

然而，不少新老球迷，自比上帝，只要一出现他们认为不合理的赛果，就摆出一副言之凿凿的姿态，认为球证、球员被收买，"打假球"云云。各种阴谋论满天飞，好满足他们内心的小剧场，让他们能合理化那些离谱的赛果。

足球的魅力之一，在于它的不确定性。如果球员个人能力、身价能决定胜负，还有比赛的必要吗？还需要教练和战术吗？足球场上的胜负除了看实力，还看数之不尽的细节，包括球员的心理状态、饮食、作息、训练模式、球员间的关系、对战术的理解能力、天气、场地、球迷的热情等等。这些细节的管理同样是胜负的一部分，若老是把比赛结果归结到金钱和权力，简单地以"打假球"来概括一场球赛，就是对球员、教练和球队所有工作人员的侮辱。毕竟这些来自全世界最优秀的足球员，在各自俱乐部的收入基本已可保证其生活无忧，更别说像梅西和C罗这些年薪过亿的明星球员。捧起世界杯奖杯，是他们的毕生梦想，他们会不惜一切，以自身能力，为写入史册的荣誉奋战到底。

对于热爱足球的职业球员而言，足球很纯粹。作为球迷，我们应尊重这个舞台上所有球员付出的血与泪，享受每一场球赛，欣赏顶尖球员的球技。

星期日的仪式感

对于以电视制作为主业的我，以及一众自由工作者而言，一星期七天都可能是工作日。有时，不免怀念能把星期日当作固定休假日的岁月。

无论在小、中、大学的哪个阶段，二十多年求学时期里的星期日，总有一些特定的节目，不时提醒我：啊，又是一个美好的周末！小学时，每逢周中，我会向表兄弟们下战帖，周日下午三点，到学校旁边的巷子，举行四驱车、弹珠人、摇摇，乃至各式球类运动大赛，不见不散。大概五六点，玩累了，就到楼上表哥家休息。夕阳西下，天色渐沉，在他家的阳台上，往下望见空荡荡的巷子，听见某户人家敲木鱼的声音，代表周末假期临近尾声，一阵失落感猛然来袭。

长大一点，爱上踢足球。周日一大早起床，呼朋引伴，各自睡眼惺忪地走到塔石球场等开门。踢完球，才十点多，我把朋友招呼回家，一边喝饮料，一边玩电视游戏，不亦乐乎。最重要的是相聚过后，才中午时分，依然有大把时光可以蹉跎。不像小学时，游乐过后，已是傍晚。

升上高中后，没那么爱玩了，周日总会翻开《苹果日报》的副刊或 A 版某页，读我喜爱的作家们的专栏长文；或于午后翻开《明报》的"星期日生活"，有时配上一杯咖啡，顿时觉得沾染了一些文化人生活的气息，甚至有种过着中产阶级生活的错觉。

在台北度过的大学周日是最糜烂的：睡到日正当空，甚至准备往西山下沉，略过早餐以至午餐，省下来去"吃到饱"餐厅血拼，肠胃也大概是从那时候开始养坏的。

自从踏入影视制作行业，难得有真正休假的星期日。走上街头，到处是一家三口逛街散步的小家庭。这应该是活到我这个年纪的人们逢星期日的仪式感吧。而我，也不羡慕，心头只有一个微小的愿望，就是偶尔可以把星期日的灵魂，还给星期日的肉体。

艺　事

———

怪才添布顿的异想世界

几乎每次看完添布顿的电影，我都会被他创造出来的世界所感动。他甚少探讨很复杂的主题，情感刻画也未必深刻，但他看到的世界，和绝大多数人看到的不一样，而且特别迷人。

自小在孤独、封闭的环境中长大，添布顿用画笔创造出无数奇诡怪异的世界，拍电影前就画过绘本、广告、杂志封面，也在餐巾纸上作画，以记录生活赋予他的无数灵感。他擅长创造各式"怪物"，除了外来入侵的怪物，亦常以身体的异化来创造怪物。在学院时期的一幅素描作品中，添布顿如实画出一个正常人的体态，然后又在底下画了一个畸变后的身体，可见他对身体异化的迷恋早就有迹可循。透过异化的身体，他将形而上的概念形象化地表现出来，幽默有趣之余，有讽刺有隐喻，每每发人深省。

添布顿最让我敬佩之处，在于他能使观众争相走入他个人的小宇宙，为他惊人的想象力叹为观止。他的电影为什么值得观看，甚至反复观看？就算把叙事抛开，他的每一个角色，每一事，每一物，都是如此独特的存在，都是一件艺术品，一个天才的创造。

为什么不？圣诞树可以是红色，狗除了一般形态外，还能以鬼、恶魔和科学怪狗的姿态出现，添布顿的异想世界使人大开眼界，以"不正常"来反思"正常"，令人质疑自己身处的这个约定俗成的世界。

这种想象力在华人社会里显得尤其珍贵。从小接受填鸭式教育、以"钱途"作为人生学习目标的人，从来不重视想象力，认为想象力对"搵食"毫无帮助，就像左撇子一样令人不安，尽早"纠正"为妙。在这样的社会氛围下，艺术家没有适于成长的土壤，很少人敢于，甚至从没意识到可以打破常规。

如果我有孩子，我一定会带他去看添布顿的作品，让他看看这个人的世界，认识他笔下为世不容的"怪物"们，在残酷中学会幽默，在黑暗中发现善良。

和你一起捉龙虾的人

每当有人问起什么是爱情，我就不期然想起《安妮荷尔》的一场戏，主角 Alvy（活地·阿伦饰）和 Annie（戴安·基顿饰）一起对付屋里满地的活龙虾。两人手忙脚乱，怕龙虾的 Alvy 不知如何是好，甚至想报警求助。Annie 不但没有对 Alvy 的胆小和唠叨感到不悦，反而发现他的可爱，于是百忙之中找来一台相机，拍下 Alvy 逗趣的一面。

《安妮荷尔》是活地·阿伦和拍过《教父》的暗黑派摄影师 Gordon Willis 合作的第一部电影。捉龙虾这场戏的长镜头是他们合作的第一个镜头，不经剪接的手持镜头突出了生活感。活地·阿伦很喜欢这类镜头，第一次看到就决定用在成片中，因为镜头捕捉到他人生中最快乐的笑容。所谓人生如戏，戏如人生，此时此刻，电影成了偷窥生活的工具，记录了人生，见证了活地和戴安的一段真实而刻骨铭心的爱情。

对不少现代人而言，一成不变的家庭生活如永劫轮回，既无薪水也熬不出功名，更不会有人企图从繁杂的家务中悟出人生哲理。独自面对一团糟的生活琐事固然让人气馁，但和一个八字不合水火不容的人一起面对，犹如火上加油，添烦添乱在所难免。

生活中能找到和你一起捉龙虾而又乐在其中的人并不容易，倘若那人更懂得欣赏你的一举一动，一颦一笑，并珍视这些点点滴滴，发掘出趣味，应当把她视为伟大的发明家，好好珍惜爱护。

　　相爱需要互相理解，发自内心地欣赏对方的长处，包容彼此的缺点。久而久之，两人的生活习惯自然会发展成彼此间独有的情趣，既甜蜜又温馨。

　　如果无法相守一生，透过照片，透过回忆，你会记得，曾经有这么一个人，几乎能接纳你的一切，让你毫无保留，自在地和她一起生活，在她面前，你就是最真实的自己。苦涩过后，记住相爱的感觉，片刻暖和，星光点点，严寒的日子，也许就不会太难熬。

现代生活的麻醉剂

两年前逛北京南锣鼓巷，一头撞进了菊儿胡同一家卖怀旧货品的小店，购入一片"南锣鼓巷环境音"素材 CD。

这是老板娘亲自采集回来的声音，录制于两年前的冬天。没有配乐，嬉闹路人的谈话，经大声公放大扭曲的机械式宣传语，行李箱轮子在地面上滚动，不同材质的鞋子迈出缓急不一的步伐，婴儿的哭闹，空气污染引起的咳嗽，各式商店播放的流行曲，街头艺人的二胡演奏，汽车自远而近、最后从人群边缘淡出的喇叭声，无序地组织成一首极富层次的交响乐，如鬼魅般萦绕不散，重新搭建出一个已然逝去的冬日。

相较于照片，录制的环境音是一个城市更真实可触的幽灵。只要将 CD 放入机器，按下"播放"键，你就会马上被另一时空重重包围。

这个"召唤"仪式是工业时代的发明，只需一个简单动作，便可脱离当下，回到过去，甚至闯进幻想世界。

费里尼的电影《甜美生活》（*La Dolce Vita*）中，主角 Marcello 的朋友 Steiner 喜欢录制大自然的声音，海浪、鸟鸣、风声，将自己带入超然脱俗的纯朴生活，脱离都市烦嚣，尝试寻回人生坐标。不过，人生在世，灵魂可以活在过去与想象中，而肉体毕竟只能留在此时此地，Steiner 最后的自杀悲剧，为物欲横流、精神分裂的现代生活敲响了警钟。

片中的罗马正经历从单车王国蜕变成时尚之都的阵痛，受美国文化冲击，国家筹备奥运，社会发展带来的生活巨变使人的价值观有所动摇。这一切，是否与改革开放后的中国有几分相似？

工业时代将我们带入现代生活，为我们开启了脱离当下的大门，眼前是瑰丽景致，足下却是万丈深渊，仅以一条高空钢索区隔。

沉溺于旧梦中，等同于与昔日的幽灵做伴。拒绝活在当下，无法认清事实，连痛苦都覆上一层自我麻醉的甘甜。暴雨将至，隐患悄悄蔓延，最后又有谁能开根绝之刀？

世界变了吗？

二十世纪六十年代的台北牯岭街，少女小明穿着校服，和少年小四在街头争吵。"我就像这个世界一样，这个世界是不会变的！"她向亟欲改变她的小四表达不满。小四恨铁不成钢，一刀捅死了这位"不争气"的前女友。

二十世纪末，内地一个小帮派在天台上打边炉，兄弟间围炉夜话，猜想各人前途。当惨绿青年六一和正太大喊："我就像这个世界一样，这个世界是不会变的！"淡定地坐在不远处的太浪却对小马摆出一副看破世事的嘴脸，胸有成竹地说："这世界是会变的。"

韩寒试图透过《乘风破浪》，与对岸的已故名导杨德昌对话。

韩寒的"世界"就是当下的中国。电影市场动辄几十亿票房神话，互联网经济崛起，房地产持续滚烫，对很多人而言，幸福来得太突然。而那些高喊"我与世界一样不会改变"的人却无所适从，从时代的舞台上黯然落幕。改变意指资本与权力的重新洗牌，有人背弃了理想，和青春匆匆告别；有人胆识过人，开发了自己的商业头脑，同时开辟了一片新乐土。世情幻变，繁华极盛，人生的路标眨眼间换了一个方向。

杨德昌在《牯岭街少年杀人事件》中的"世界"是指人的内心世界，他以绝望的一刀控诉当时瘫痪的社会现况。对他来说，世界是一潭死水，时代会变，人性不变。那个唱猫王情歌的时代将一去不复返，但乌鸦仍会一如既往地黑。正如该片英文片名"*A Brighter Summer Day*"，世界永远给人一个向更明亮的方向改变的梦幻泡影。

对多数普通人而言，无论是内在抑或外在，现实往往不如人意，给我们带来的恐惧与失望，远远多于安稳与期待。即便在看似无法动摇的世界面前感到无力，人们从不放弃尝试，向那堵看似不倒的高墙砸鸡蛋。

也许是这种追求正义的精神，为无数惨淡的日子点起一盏灯，依仗微弱的光，使世界看起来有点不一样。

当城市作为一个文化符号

电影《广岛之恋》（*Hiroshima Mon Amour*）中，日本男人问法国女人在广岛拍的是怎样的电影，法国女人说：当然是一部关于和平的电影了，在广岛还能拍什么？

七十年过去了，笼罩在广岛的二战阴霾仍挥之不去。去年日本《电影旬报》评选的本土年度最佳电影《谢谢你，在世界角落中找到我》，就讲述了一个以二战期间广岛原爆为背景的故事，广岛依然以战争创伤的形象被反复提起。自从阿伦雷奈和杜哈丝合作的《广岛之恋》描述了一段为期一天的跨国恋情，以及张洪量和莫文蔚在同名经典情歌中反复吟唱一段恋情的短暂与难忘后，这座城市又覆盖了一层浪漫的遗憾。广岛，几乎是破碎的代名词。而重生之路漫长，还牵扯上一段难以磨灭的伤痛记忆。

一座城市的内涵和文化输出，一定程度上决定了它的文化意义和价值。借着文学和电影，外国人将香港想象成一个传奇化而龙蛇混杂的霓虹不夜城，巴黎和浪漫画上等号，东京为人们打开一扇科幻大门，而澳门则是声色犬马的赌城。正因为这些城市被不同程度地符号化，人们才不会带着对《巴黎，我爱你》的期待去看《纽约，我爱你》。

当然，像广岛这种因战争而为人知晓的被动输出是无可奈何。当我们提起广岛，有想过这座城市的景观以及政经状况吗？有想过居住其中的人的脸容吗？还是下意识就联想到一副副哀怨的表情？

在这个看脸的时代，你想展示一个怎样的自己，就在脸书上"发言"，久而久之，你的形象就会在"脸友"心中形成。其实城市在文化产品中的形象展示就像现代人用社交媒体，对外展示的内容，时刻在塑造一座城市的样貌与认同。

正如每个人都有不同个性，城市展示的内容，一定程度上决定了它能吸引什么类型的移民和游客。人在选择城市的同时，城市也在选择人。

谁知赤子心

差不多二十年前，我还是个小学生，夜里不时失眠。多数失眠的晚上，我心里充满恐惧，对未来的恐惧。我害怕终有一天，自己要当上一个大人。对小时候的我而言，成长意味着信箱里的一大堆账单。一想到那堆写满冰冷数字的信件和水电费单，我就害怕得哭了。

幸好时间是流动的，不像时光机，瞬间将你的心智从十岁八岁的身体送到三十岁的某一天，令你手足无措，觉得自己一无是处。岁月悠悠，甚至温柔得使你不知不觉就成了自己童年时不敢想象的"他者"。

电影《谁知赤子心》中，一个妈妈遇到了她的"真爱"，于是抛下几个孩子，追逐自己的幸福。离家前一晚，妈妈为大女儿涂上指甲油，让她看起来更像个大人。很多父母会努力使自己的孩子看起来更像个大人，但真正使孩子长大的，是生活。电影中使大儿子阿明的算术有所进步的不是课本上的九因歌，而是妈妈走后满屋的账单，以及日日夜夜对弟妹零用钱和日常花费的计算和控制。

在我们赖以为生的社会中，有一些约定俗成的成长标记：中学毕业、大学毕业、找到第一份工、领到第一份工资、买车、买楼、结婚、生小孩。这些事情是多数人在成长路上奋斗的目标，拉扯着我们长大，因为它们带我们踏进人生的不同阶段，学会承担更多责任。

不过，并不是把成长清单上的选项一一勾选过就算真的长大了，因为"逃避"的选项一直存在，像电影中四个小孩的妈妈，以为替女儿涂上指甲油，就算是照顾；以为留下一沓钞票，就算对孩子们尽了责。生活并不会给人涂上一层美轮美奂的指甲油，却可能会剥夺你涂指甲油的余暇，或因操劳的工作而加速指甲油的褪色。也许生活会使你看起来憔悴苍老，但却让你理解更多和你不一样的人，使你更懂得和这世界和睦共处。

　　然后，你就会发觉，你真的长大了。

所有说不出的再见都唱成了歌

2009 年 11 月 13 日，民谣歌手李志三十一岁生日，在郑州举行最后一场巡演。那夜，唱了一些歌、喝了很多酒的李志提着吉他坐在高凳上，准备弹唱当晚最后一首歌——《关于郑州的记忆》，沙哑的嗓音使他的每一句歌词都显得更撕心裂肺地绝望。

唱出全首歌的第一句"关于郑州我知道的不多"之前，他说，他不想跟这个城市说再见。

忘了从何时开始听李志，我接触的第一首他的歌就是《关于郑州的记忆》。此后，《天空之城》《广场》《山阴路的夏天》使我对这位柔情铁汉有了进一步了解。他的歌声里渗透着沧桑，无论唱的是爱情还是友情，深情动人之余，又总带点刚烈和不轻易让情绪泛滥的洒脱感，好像一切时过境迁，回忆隔着一层毛玻璃，总能在把酒言欢中轻轻带过，一笑置之。

一个内地青年，成长于二十世纪末的南京，喜欢音乐，却身无分文，为了生活和爱情，在不同城市间漂泊，只能习惯不断和挚友爱人道别。也许是生活的无可奈何使李志学会在情感上坚强独立，不依赖不低头。多愁善感的他，若无法把你忘掉，也不会在你面前洒泪，他宁愿把你写成一首歌，作为随身带备的一瓶天涯路上不可或缺的断肠烈酒，让所有悲伤、愤怒和爱都在醉人的歌里转生。

李志喜欢为一个地方写歌，郑州、杭州、山阴路、热河、应天大街，这些地方都在他的旋律中发酵成一个个传说，像把一段段记忆封存在不同年份的酒瓶中，留待某夜大醉一场，笑过哭过如梦一场，一切悲欢离合隔天就忘掉。

不想说再见，因为那座城市有一个他永远不愿说再见的人。于是，把所有说不出的再见，都唱成歌，酿成酒。

那次巡演，回到郑州，李志和他的乐队朋友们吃饭。当晚李志带来了一位漂亮的郑州姑娘，某位乐队成员喝了点酒，趁李志走开了，对那位姑娘说了一句："请不要伤害他，在你面前他永远是弱者。"

黑暗的力量

出门在外，我喜欢坐火车，在火车上看人、看书、看风景、看电影，实为一大快事。不过，当我阅读一本书，最不想遇到的是隧道，火车一进隧道，眼前一黑，阅读被打断，随即令人想起韩国电影《尸杀列车》，阅读的欲望正如列车上的丧尸，拼命吞噬书上的字句。但只要进了隧道，没有光，这头体内的"丧尸"也束手无策。

《尸杀列车》固然是部紧张刺激的商业大片，而我认为颇具意思的一点是，这部电影把人类如何运用黑暗，简单直接地呈现出来。在一列狭长的列车上，一般人该如何躲避丧尸？答案是利用每次入隧道时的一片漆黑。唯有在黑暗中，人类才可骗过丧尸。古往今来，人类都在寻求光明，从发现生火之法直到发明电灯，以至今日各式各样会发光的装置，人类的文明史可谓一部寻找光的历史。柏拉图的洞穴寓言告诉我们，真理在光明之地；而普罗米修斯为人类盗取火种，承受永恒之罪，足见光明对人类何等重要。有趣的是，在电影这一列"人尸斗"的列车中，人类等待黑暗，渴求光的反而是嗜血的丧尸。

在今天日益繁杂的现代社会中，我们对光更习以为常，且极为依赖。各种诱惑找寻我们的眼睛，消费文化鼓励明亮的生活，阻延褪黑激素的分泌，催生了永不落幕的不夜城。当我们暴露在光线之下，就容易成为欲望追捕的对象。在有光的地方，我们被各式商品围绕，常为选择所苦，正如在火车上的人，读书、上网、看电影、看风景、拍照，连交通时间都有众多选择。只要有光，人便难以专注，更难平静下来。反之，当黑暗来临，选择骤然减少，只好闭上眼睛，睡眠、思考或听音乐。

在纷繁的世界中，不妨闭起眼睛，去除杂念，感受黑暗的纯粹，尝试重新掌控生活，找到征服体内那头"丧尸"的力量。

最好的祝福

"我不懂为什么我爱你，她会难过。"当一个人爱上另一个人，找到幸福，却担心自己的妈妈会难过。如果爱本身没有错，问题必然出在我们社会的价值观，所谓的"理想家庭"，谁说了算？

无论我如何不认同，无论我多不愿意接受，我只想让你知道，不管你选择什么，我都会尊重、支持你。男同性恋者高裕杰的妈妈在电影《谁先爱上他的》片中，手握一束花，在儿子的戏剧演出结束后，跑上舞台，张开双手，给他一个温暖的拥抱。在现代社会严重分化与缺乏彼此尊重的环境里，她的一份理解与包容，是何等珍贵。

这位年迈母亲在遇见儿子的情敌刘三莲时，把她误认为是自己儿子的情人，顿时喜上眉梢，对孩子性取向的担忧一扫而空。而刘三莲为了报复"抢走"自己丈夫的高裕杰，竟把心一横，向他妈妈"踢爆"他是位同性恋者，并抢去她的丈夫。当刘三莲以为这会是压垮高裕杰的最后一根稻草时，却因缘际会，在剧场里见证了两母子的一幕温情拥抱，使三莲于此母爱面前无地自容。高裕杰和母亲之间融洽的关系，与三莲和她的儿子宋呈希之间的疏离，形成了强烈对比，也使观众反思，什么是爱，什么却只是爱的姿态（忽略了从对方角度出发的关怀）。

爱情不能强求，当感觉流逝，不爱从来不是错。当一段感情结束，常常由于无从指责，难免既痛心又无奈。《谁先爱上他的》人物好看，好看之处在于，即使个性横蛮如刘三莲，细想之下，我们又能感同身受，甚而对其产生怜爱。付出过真感情，但到头来，如梦幻泡影。养大了孩子，牺牲过太多，有苦自己知，想要抢回一点什么，也是人之常情。

电影结束之际，大悲过后，是大悟。纷繁落尽，三莲是过来人，明白既然强求不来，互不干扰，就是最好的祝福。

他始终是你父亲啊

电影《野梨树》的一场戏耐人寻味：大学毕业回家找工作的 Sinan，千辛万苦终于找到资金出版自己的第一本书《野梨树》。意气风发的他在书的扉页上签了名，送给母亲。母亲看到他的文字"这一切全归功于你，只有你一个人"，随即潸然泪下。她哭了一会儿，用纸巾擦干眼泪，然后开始微笑，说她一直知道自己的儿子能成大器。Sinan 以为母亲为他的成就和那段感谢而深受感动，但这真是她哭的理由吗？

Sinan 有个曾沉迷赌博的知识分子父亲，一边体面地在小学教书，另一边厢却输光了钱，欠下一屁股债，甚至交不出电费。Sinan 的母亲对这位不负责任的丈夫咬牙切齿，又打又闹，但同时，她向儿子坦承，即使有机会让她重新选择，她仍旧会和这个浪漫的混蛋在一起。

Sinan 在书的扉页上写的文字，意思明确：他要切断自己和"失败者"父亲之间的关系。他以这位父亲为耻，自己之所以有今日的成就，与他无关。可亲人之间的联系，微妙之处在于，任你如何不喜欢，生你养你的始终是父母，那种血缘关系根深蒂固，无法割舍。Sinan 的父亲虽然嗜赌成性，却有别于儿子的理想主义。儿子务虚，父亲务实，家里的实际事务，搬运维修，父亲都扛下了，儿子才能专心为学习、为写作、为理想奋斗（或侃侃而谈）。

而更讽刺的是，毕业回家的 Sinan 在前路茫茫之际，选择去考试，准备当老师。那是父亲的职业，他似乎还是走上了父亲的老路。连与父亲毫无血缘关系的母亲，历经痛苦委屈后仍深爱这个"坏人"，搬出那句老掉牙的台词："再怎么说，他始终是你父亲啊！"作为亲儿子的 Sinan，对待父亲，对待故土，尽管他（它）腐败不堪，对其百般厌弃，这根、这土壤既是自身的一部分，真能说断就断吗？

汾阳小子贾樟柯

大约二十年前的春节，贾樟柯带着对他非常重要、重塑他十年青春的电影《站台》的录影带回家，放映给父亲看。父亲看完后，什么都没说就去睡觉了。隔天早上，贾樟柯问他觉得电影如何，父亲脸色一沉，没正眼看他，只淡然回了几句：如果在"文革"时期，你很可能就是个反革命，要去坐牢的。

对于"文革"，曾是过来人的父亲仍心有余悸，时刻为从事文艺创作的儿子担忧。直至几年后，《世界》终于能在全国公映，似乎危机已过，父亲才松了一口气。

纪录片《汾阳小子贾樟柯》是拍出金熊名作《中央车站》的导演 Walter Salles 的作品。有别于一些令人昏昏欲睡的导演纪录片，两名擅拍情感的导演碰撞在一起，能言善道的贾樟柯，把自己四十多年的人生故事娓娓道来，值得再三回味。很少有导演愿意如贾樟柯一样，真诚地将自己的人生经历和感受挖给观众看，也鲜有导演如 Walter Salles 般擅长捕捉一位创作者的情感。两人惺惺相惜，促成了这部抒情电影，算是给贾樟柯多年的导演生涯，送上一份别具意义的礼物。

在年轻人普遍出外拚搏、从乡下闯进大城市的年代，事业与亲情之间的挣扎无可避免。与家人聚少离多，更易使人反思自己与故乡故人的关系。贾樟柯持续在他的电影中表达对个体命运与社会变迁的关注，以及对家国的深厚情感。而这些，在这部纪录片中也显露无遗。《汾阳小子贾樟柯》始终把这位性情中人当成普通人而不是艺术家来描绘，好的纪录片该当如此。

提到父亲生病去世，贾樟柯哽咽良久，说：他没有太多快乐的时间，都在担心我吧。我也没有机会感谢他……这可能就是父子。

贾樟柯强忍泪水，道出了天下间多少父子的关系。

我的摄影机不说谎

由于审查程序繁复，娄烨导演的《风中有朵雨做的云》延至今年才得以于内地面世。诚然，尽管野心大，该片并不是娄烨最好的作品，尤其是情节的纠结繁复与值得商榷的诸多巧合，着实冲淡了角色之间的情感张力。虽说娄烨对拍摄悬疑犯罪题材向来兴趣浓厚，从他的首部长片《危情少女》已可见一斑，但这类型的逻辑思维，娄导暂不擅长，也是不争事实。

娄烨是位诗人，不过，当他尝试高高在上地俯瞰世人，他试图成为小说家、先知。他最好的作品都是抒情的，像《苏州河》《颐和园》以至《推拿》，我们很容易沉醉于角色的喃喃自语，他们的情感很私密很琐碎，他们不想成就一番大事，只书写自己的日记，追随个人的欲望。我们不难察觉，在这些电影中，娄烨和角色们非常贴近，他用他们的眼睛观看。在早期作品《苏州河》中，他甚至运用第一身主观镜头拍摄，使观众随着他的摄影机化身为主人公。

虽然为人低调话少，但娄烨无疑是一位浪漫主义诗人，强调自我感情抒发，他标志性的手摇摄影已是明证。娄烨的拿手好戏始终是情绪化、跌宕起伏的爱情，他笔下那些爱得轰烈的角色们，没有太多社会包袱，像河流般依势而行，在他们眼中，世界就是我，没有时代，只有岁月。

有些导演适合描画河流，娄烨无疑是此中能手；有些导演从河流出发，面对海洋依然游刃有余，贾樟柯算是个中翘楚。

把河流描画得炉火纯青的人有时会被大海吸引，但我们不难发现，游进大海的娄烨，仍对涓流朝夕思慕。

从电影院走出来，我仿佛感受到娄烨的压抑。《风中有朵雨做的云》中连阿云的爱情线应该是他最想发展却又难以在既有结构中好好发展的支线，这似乎解释了为何娄烨会使用一个如此诗意的片名。

请与我共舞

娄烨电影，最擅长的，是两个人之间的故事。《颐和园》故事辗转数十年，围绕在余虹和周伟之间的朋友们不下数十，他们使两位主人公的性格更立体。但令我印象最深刻的，仍是在酒吧中，余虹在摇摆的众人之间，瞥视周伟时羞涩的微笑。如果两人的爱情在戏中像一场舞，这一瞥，就是聚光灯打开的一瞬。

娄烨是目前中国最会拍摄双人跳舞戏的导演。拍得好，不是指镜头调度有多出色，舞蹈设计多优美，而是他的舞都饱含情感，观众能从中感受到角色的情绪状态。跳舞这样的情节，在剧情推进上并非必需，它的设置，主要是为了让观众感受角色的当下。在这一层面上，娄烨喜欢跳舞戏是理所当然。正因为观众能进入、理解角色，剧情的推进就更有说服力，这是娄烨电影的情节逻辑，如果无法进入角色，就不可能享受这部电影了。因此，跳舞在他的电影中尤其重要，喜欢他电影的人，一定也喜欢他电影中的舞蹈。

一般人平时甚少跳舞，有些人甚至一辈子都没跳过舞。我们在什么情况下会跳舞？撇除夜夜笙歌酒池肉林上的狂歌乱舞，也撇除作为艺术表演的舞蹈，现代人一般在喜悦与离别的情况下，才可能萌生跳舞的念头。为什么余虹第一次在酒吧看到周伟就和他跳舞？一半是盛情难却，另一半是因为内心蠢蠢欲动的渴望，使吧台上的单手独舞逐渐演变成一场调情双人舞，角色的内心透过舞蹈和影像表现得相当到位。《推拿》的沙老板与都红之舞也充满了戏剧性：一个看得见，一个看不见，一个满怀喜悦，一个把舞蹈当成告别。一支舞，两个人，千愁万绪。

双人舞，特别有戏味。跳舞时，如心情愉悦，两人相对而视，会心一笑，幸福洋溢；如离别在即，心情苦涩，则挨近一点，将下巴贴近对方肩上，隐藏自己的脸，暂时把哀伤溶解在对方的体温中。

爱不起的董小姐

三年前的夏天，我在北京住了一个月，参加于北京电影学院举办的电影制作夏令营。在无数次往返旅馆与电影学院的林荫道上，中国民谣陪我度过了不少为创作而苦恼的日子。

那时候手机一直循环播放的是当年红极一时的宋冬野，《董小姐》《斑马，斑马》《鸽子》犹如不抽烟的我手中的一根根烟。某个闷得发霉的黄昏，我独自一人走到安和桥下，耳边播放着《安和桥》，打算一窥宋胖子的童年。另一些日子，我想象如何在西直门繁华的大街上与心仪的女孩不期而遇，以《董小姐》的故事打开话匣子。很难说是那段短暂而美好的时光使我对中国民谣情有独钟，抑或是中国民谣为我敲开了对内地城市的生活想象。

关于中国民谣，不得不提娄烨的电影。从《苏州河》到《推拿》，民谣在他的电影中几乎从不缺席。这位第六代导演与民谣歌手比较有名的一次合作在电影《推拿》的片尾，主观镜头在寻找离开推拿中心后下落不明的小马，尧十三凄美的一曲《他妈的》和着雨水，一滴一滴地把延绵不绝的错失与遗憾，奋不顾身的爱恋，渗进那个看不清东西的少年的微笑中，煞是动人。

中国民谣歌手中最深得我心的是宋冬野、尧十三和李志三人，失落的爱情几乎是他们永恒的主题。得不到的爱是多愁善感的民谣歌手成长路上必然的伤痛，他们反复吟唱的，其实是散落于资本主义社会下的浪漫游侠们无可奈何的悲歌，写的是活在这个光怪陆离金钱至上的后现代中国土地上的、庞大的文艺青年族群的故事。家里没有草原，我们心中都藏着一位爱不起的董小姐。

今年六月，游走于大理和丽江古镇之间，最常在人群中飘荡的，是赵雷的《成都》。我赫然发现，在广袤的中国土地上，这些民谣写的不是当地的情怀和风俗，而是能打破地域界限的，属于这个时代的青年的落魄与哀愁。

"奇" 乐无穷

荷里活电影《珠光宝气》中，奥黛丽·赫本饰演的 Holly 和潦倒作家 Paul，带着十美元走进 Tiffany 珠宝店，Paul 掏出一只随 Cracker Jack 爆谷附赠的戒指，让店员刻字。店员吃了一惊，问道：Cracker Jack 现在还送小礼物吗？

作为美国著名的零食品牌，从二十世纪初开始，Cracker Jack 的卖点除了甜甜的糖浆花生爆谷，包装内的惊喜小礼物更是重头戏。附送的小玩意儿从塑胶玩具、游戏纸条、贴纸、棒球卡到戒指不等，陪伴了一代代美国人成长，见证了不同年代美国流行文化的变迁。

看见这只意外登上高贵珠宝名店舞台的玩具戒指，不期然令我想起在澳门出现过，极可能受 Cracker Jack 启发却相对短命的惊喜零食包。从最有名、一次满足小朋友三个愿望的健达"出奇蛋"，到上层是雪糕、下层是流行卡通塑胶公仔的雀巢"奇趣杯"，以至塑胶或纸制、能收藏又能用来和朋友们对战的"奇多圈"，我所记得的惊喜礼包，无独有偶，都有一个"奇"字，卖的不是有损健康的高热量零食，而是包装内看不见、摸不着的神秘小玩意儿，完美地满足小孩们好奇、贪新的本性，以及人类社会中对"抽奖"的着迷。当年，为了包装内的惊"奇"发现，我们不经意地啃掉了多少垃圾食品、平庸乏味的雪糕、牛奶朱古力，与限制我们吃零食的大人们，展开过无数场关于"健康"和"快乐"的拉锯战。

1961 年《珠光宝气》中的 Tiffany 店员，肯定不会想到已流行半世纪的 Cracker Jack 爆谷小礼物，最终能长命百岁，直至近年，才屈服于科技对童年的入侵，改以下载 App、扫 QR code 的形式，将旧时代的玩具，"演化"成手机平台上的虚拟小玩意儿。

天空是白的，但云是黑的

"有个人爱着你，如果你也爱上某人，明天就对他说'天空是白的'，如果那个人是我，我就会说'但云是黑的'，然后我们就知道我们相爱了。"《新桥恋人》中流浪汉 Alex 爱上双眼得了顽疾的女画家 Michèle，心如鹿撞的 Alex 不敢当面告白，便趁 Michèle 在桥上睡觉时写了一张字条给她，内含他的告白"暗号"。

翌日黄昏，Michèle 与另一位流浪汉聊天后，望着天空，说了一句"天空是白的"。我们不太确定她是否如 Alex 所愿，在向他告白。只见站在不远处的 Alex 马上走到 Michèle 身边，回了一句"但云是黑的"。此时天色晴朗，云彩艳丽，天空不是白的，云也不是黑的，镜头框住 Alex 和 Michèle 二人，他们的流浪汉朋友问了一句"什么？"导演莱奥·卡拉克斯（Leos Carax）的幽默与浪漫在这组镜头中表现得淋漓尽致，还留下一丝暧昧不明的余韵。

一个人向另一个人表达爱意的方式有很多种，但"爱"不过一个字，小情是它，大爱也是它，在所有人都把"爱"挂在嘴边的时代，如何清新脱俗地示爱也成了一大问题。早在四十年前的《安妮荷尔》中，知识分子 Alvy Singer 就有过类似的牢 骚："Love is too weak a word for what I feel—I luuurve you, you know, I loave you, I luff you, two F's, yes I have to invent." 因为找不到准确字词，他需要发明。

古往今来，语言一向难以用作精确表达某种感受，但反过来说，正是由于人类所能感受到的情感过于复杂澎湃，才有了抒情诗的创造性意义。尽管我用了一连串东倒西歪的恋人絮语，绕行地球五圈，花上一辈子时间，目的地依然只有你。

当然，不是人人爱写诗，不写诗不妨跳舞，像新桥上的两个疯子，在烟火下随着音乐胡乱起舞，借以表达喜悦之情。我跳舞，因为我快乐；我快乐，只因和你在一起。

我喜欢

写戏剧，掌握分寸很重要。写得太白，显得啰唆乏味；太隐晦，好比连线游戏描点不足，画不出个所以然，观众看得迷茫，只好中途弃剧。因此写戏剧，很讲究火候，细火慢炖刚刚好，观众自然找不出写作痕迹，全情投入，趣味盎然。

韩剧《爱的迫降》，苦命鸳鸯徐丹和具承俊的恋爱萌芽时，具承俊请徐丹留在他暂住之处，吃个泡面再走。正当两人吃着热腾腾的泡面时，承俊说："一个男人请你留下来吃泡面，别轻易答应，只怕他另有所图。"冷不防徐丹仍保一副傲娇本性："为什么不？我喜欢啊。"一句"我喜欢"，让承俊彻夜难眠，猜度她的意思到底是喜欢泡面，还是喜欢他。甚至使他困惑至死前一刻，当徐丹在救护车中，泪流满面地承认当时的意思是喜欢他，承俊才得以释怀。

写一场戏，点到即止很重要。话说一半，留有悬念，给观众猜想的余地，或给聪明的观众，享受观看剧中人当局者迷的乐趣。先给个暗示，揪着你的心，没说清的，演给你看。《爱的迫降》在维持人物个性的同时，做了一个不错的示范。

以没有宾语的"我喜欢"做戏剧描点，当然不止《爱的迫降》。二十年前看《男儿当入樽》漫画，当樱木花道在全国大赛上奋勇救球，伤及脊背后，好不容易站起来，却第一时间走向晴子，双手放在她的肩膀上，说："我很喜欢。"那一期漫画就结束在这令人心痒之处。相信很多读者和我一样，带着"他到底是喜欢晴子，还是篮球"的疑问，煎熬地度过接下来的一个月。显然，在整套漫画行将结束之际，井上雄彦已花了很长篇幅，来描画他的"喜欢"，答案已呼之欲出。但这句"我很喜欢"，是点燃戏剧高潮的描点，借由樱木之口，道出了无数热血读者的心声。

一句没说清楚的"喜欢"，用得恰当，就是高手。

告别

无论是谁的人生，都要不断面临告别，不同形式，不同过程，所以关于告别的故事，历久弥新，从不过时。

和别人一样，成长路上，不知不觉我也经历了多场告别，当然很多是暂别。那些小学时曾经非常亲近的好友，因为分班，悄无声息地逐渐疏远，那是不告而别；中学毕业后赴台北升学，学期开始前每次离开澳门，以及寒暑假每次暂别台湾，都带着少许不舍，将自己从某种已然习惯的生活环境中剥离，虽然有一点残忍，但更多是对于明天的期待。祖父母的相继离世，我竭力把"永远无法再见"的想法压在心底，否则，泪水就会不自觉落下。在傍晚的广场上与初恋女友分手，她向我伸出了一只手，我理所当然地握住了那只手，就像在不同场合和陌生人初次见面时的社交礼仪。至今我仍不明白，为何她会伸出那一只手，为何握手会成为道别的仪式，也许拥抱已经太难吧。

告别，应是愈短愈好的。所以很多人选择简化仪式，或摒除仪式，不要让自己难过太久，也不要对那场"告别"记得太多。俗话说，长痛不如短痛，能轻轻放下的，为何一定要划下一道难以磨灭的疤？像电影《你好，爱，再见》(Hello, Love, Goodbye) 中的菲律宾雇工，在香港打拼多年，女的准备几个月后到加拿大寻求更好的工作机会，男的却因为现实因素不能一同前往，明知只剩数月时间相处，却"决定"相恋，成不了对方的将来，就成为现在。四个月，是他们能共度的时光，也是一场尤其漫长的告别，每一个甜蜜的当下，仿佛都能看见彼此正一点一点地远离。明知不可为而为之，痛苦将如影随形，不就是悲剧英雄的命运吗？

如果没爱过，告别就可摆脱悲伤。但我们似乎对那些心碎甘之如饴，因为每次深爱，总带有永恒的幻象，令人以为从此再无告别。

真诚的可贵

艾慕杜华电影《万千痛爱在一身》（*Plain and Glory*）中，老母亲向电影导演 Salvador 提起一位邻居，并告诉儿子不要把邻居写进他的电影。邻居不喜欢自己出现在电影里，觉得他会把他们写成可笑的乡巴佬。

类似的情节在越南作家阮日映的成长小说《给我一张返回童年的车票》中亦出现过，当作家名成利就，并在最新小说中把与儿时玩伴的经历写出来时，他的这几位玩伴已成了社会上稍有地位的中产人士，并逐一登门造访，与作家"谈判"，认为自己儿时的所作所为太愚蠢，与现时的社会地位不符，如被读者认出，实在有失身份，贻笑大方。

很多人对作家或电影导演这类讲故事者有所避忌，认为他们总是高高在上地描写他人，字里行间把别人的不堪表露无遗。当一般人喜欢用自己的社交账号"创作"自己的形象，上传大量经美图处理的自拍照时，以讲故事为业者，则被认为是上传并到处张贴别人的素颜照或揭人疮疤的人。

多年前，也许香港报章犀利直接的杂文看得多，我也害怕有朝一日会认识一些作家，把我写进他们的文章里。近年，仔细反思，虽然庸碌无为，更没有令人钦羡的社会地位，但本人至少没做过太多坏事，问心无愧于他人，也不怕被写，甚至暗暗期待自己会出现在别人的文章里，好奇他们有怎样的想法，无论读了喜不喜欢，至少内心是温暖的。

《给我一张返回童年的车票》结尾，读过作家的小说，童年玩伴不仅没和他绝交，更异常高兴，因为那些真诚的文字勾起了他们宝贵的回忆。如果作家不写出来，那些往事就会继续被淡忘。而 Salvador 的邻居到底怎么看他最新的电影，我们不得而知，但他最后也愿意诚实面对过去，与过去的自己和解，书写并拍摄出一部令人动容的自传式电影。

一念之仁

荣获金球奖戏剧类最佳电影殊荣的一战电影《1917》，其一镜到底的摄影手法固然是大师级杰作，但以惊为天人的视觉效果为糖衣，骨子里唱的，却是以一己之力营救千人的西方英雄主义老调。主角 Schofield 在这场只身犯险的伟大营救中，磨炼出钢铁般的意志。而帮助他完成使命的，不只是爱国之心，友情和亲情等个人情感亦夹杂其中。

全片最大亮点，是带头冲锋陷阵的"伪男主角"Blake之死。

电影前三分之一，Blake 为了拯救将要乘胜追击并落入德军陷阱的部队成员，以及身在其中的哥哥，无所畏惧地和战友 Schofield 一起出发，展开伟大的英雄旅程。其间 Blake 还救了 Schofield 一命，当大家都以为 Blake 就是片中"真命天子"之时，两人目睹一架敌军战机坠毁，善良的 Blake 将机师从火海中救出，不料被机师暗算，一刀把他捅得肠穿肚破，脸色煞白，终于在同行战友 Schofield 怀中，一命呜呼。观众们注视着逐渐失去知觉的 Blake，心里大概颇为诧异：不会吧，就这样死掉吗？

对，这就是战争，在《1917》这部既平凡又不平凡的战争电影中，最可堪玩味的，正是这层以 Schofield 式"英雄"包装的 Blake 式"反英雄"次文本。编导透过 Schofield，带出战争中存在伟大的英雄故事；却又透过 Blake，侧写出战争的麻木不仁，人性之善并无容身之所，战争是能够轻易吞噬人性光辉的巨大黑洞。一念之仁，往往足以致命。

如要获得令人垂涎的英勇勋章，必须像 Schofield 般英勇地拯救同伴，亦要避免如 Blake 般，把敌人当"人"看，存有恻隐之心。一台完美的战争机器，身上只有两个按钮，一个按了能启动不顾一切的"保护战友"模式，另一个则可开启毫不迟疑的"杀戮敌军"模式。

你离开了南京，从此没有人和我说话

前几天从网上得知李志将于香港开演唱会，我立马点入网址准备购票，才发现票已售罄；两天后，当我发现他一月除了去香港，还会去台北时，已排好的工作又将我拒诸演唱会门外。连同三年前因李志临时无法入境台湾而被逼退票的失望经历，我这小歌迷和李志依然缘悭一面，只好让子弹再飞一会儿，把看一场李志演唱会的愿望继续放在心里一段日子。

2014年，一个人在北投住了约莫半年，我听得最多的是李志的民谣。那段时间，想找一个和我一起听李志音乐的人不容易，不过就算没有，他的音乐也很适合一个人躺在沙发上发呆，或站在落地窗前眺望城景，和着雨声，静下心来感受。洗澡时我多数会带上手机，在浴室里播放他的民谣，独自咀嚼他的音乐带给我的孤独感，有时遥想往日的恋人，或正在某座遥远的城市中努力地生活的女孩。关于那些不深不浅没发生什么要紧事情的平凡日子，我只依稀记得一种氛围，李志音乐的氛围，浪漫又颓废的想象。

李志说他不需要朋友，因为每当他想跟人深入探讨一个问题时，别人想的，都比他浅。不过多年前，他的确有一位很要好的朋友，和他同居一年，两人每日天南地北无事不聊，讨论时事细说人生。后来他们发现，人其实无法真正用语言沟通，一个句子，于两人的脑海中不可能产生同一个画面。后来，他们不再联系了。多年后，李志写了一首歌，寄给当时已搬到上海的这位朋友，让他帮忙填词。要知道一般而言，李志的歌，作曲填词都由他自己一手包办，但这一次，他似乎渴望着某种回应，或和解，与某段时期的自己，与曾经推心置腹的好友。结果，他朋友填不出来，他自己也填不出来，那首歌，继续以纯音乐的状态，沉淀着两人之间不能言说的微妙情感。

在无数歌迷眼中，李志早已是传奇。每一件事，他都做得坚决，掷地有声。但在他坚毅的言行底下，有时暗藏着柔软，可孤傲一世，却不免感伤一时。

在北极钓声音的男人

一位六十多岁、满头白发的男人，在下雨天将水桶反过来，套在头上，走入自家后院，只为聆听和感受雨水打在水桶上的时刻，营造雨水的"环回立体声"。这位老人，为追求心目中的艺术，像一个下雨时冲到街上庆祝玩雨的天真小孩。

他是坂本龙一，和久石让同属日本电影配乐界的殿堂级人物。坂本龙一成名甚早，年纪轻轻已享誉国际，曾为不少经典电影配乐，如《战场上的快乐圣诞》《末代皇帝》《东尼泷谷》《铁道员》《复仇勇者》以及去年一鸣惊人的《以你的名字呼唤我》，乃至今年蔡明亮的新作《你的脸》等，合作过的名导不计其数。在他众多以科技、自然与传统乐器共同谱写的旋律中，听者总能找到共鸣，以至心灵上的抚慰。日本"3·11"地震后，坂本龙一在灾区为当地民众弹奏他最脍炙人口的作品——*Merry Christmas Mr. Lawrence*，安慰了无数受伤的灾民。

从纪录片《坂本龙一：终章》，我们可一窥音乐家的日常生活，以及他对音乐的独特见解。当走到一座受损的钢琴前，他爱不释手。在他眼中，钢琴是自然界被工业化处理、形状化后的产物，而走音只是人类的定义，实际上那是钢琴企图挣脱工业化而回归自然的信号。这种打破工业与自然边界的想法扩阔了坂本的创作视野，多年来，他不断尝试以各种乐器，甚至家用或自然界的器具，进行各种音乐实验。

坂本认为由钢琴弹奏出来的声音并不持久，而他想找一种不随时间衰减的声音，一种永恒之声。这似乎解释了他为何千辛万苦跑到北极，把录音器材放到冰层下，倾听水流和冰块裂解的声音，感受大自然所谱写的乐章。

毕竟，在有限而短暂的人生中，自然界才是永恒的存在。

那一抹忧郁又温暖的蓝

你在东京早晨的微风中，悠闲地呼吸着城市忙碌的空气，紧随一列十多人的候车人龙在巴士站前发呆。人龙中的每一位上班族都在低头使用手机，也许其中有些人正回复上司的讯息，有人上网看新闻，有人和情妇打情骂俏，还有人沉迷于时下流行的手机游戏。你不理解为何人们的生活忙碌如此，更无法理解他们如何日复一日地忍受自己的平庸。你看见一只巨大飞船于摩天大楼之间穿插而过，无论你有没有注意到它，它依旧会以这种方式一直存在。你甚至不确定自己是否和这些人有所差异，或你只是希望自己显得和他们不一样。

直至某一天，一个男人站在你身旁，也看到那只巨大的飞船，陪你度过这无聊的一天。更不寻常的是，他还看得见城市上空那轮湛蓝的月亮，甚至天真地笑着，欣赏起它的美。真是个怪人啊，和这城市中千千万万从未跟你四目交投的肉体有点不一样。于是你终于抬起头，和他一起，傻傻地，凝望这迷人的月色。你察觉到自己看起来一定像个傻瓜，可也无所谓了。

你以为自己已不幸遭逢爱情降临，却仍不愿向这平庸而具毁灭性的爱情低头。对你来说，爱情只意味着死亡，是别无其他可能性的悲剧。于是你把自己捆绑起来，不愿做任何徒劳无功的冒险。而当你切切实实地感受到被爱的滋味，你开始明白，蓝是最冷漠，也是最温暖的颜色。东京，一座疏离的都市，布满了最高密度的蓝，让你沉入最深的忧郁之余，也给你一个让你能从无数伤害中平复过来的拥抱、抚慰。

《东京夜空最深蓝》描述被社会边缘化的东京"低端人口"之间的爱情。其中瞧不起爱情又渴望被爱的女主角美香，与左眼失明的地盘工人慎二，都被生活压逼得喘不过气，感受不到来自别人的爱与关怀，渐渐也变得不会爱人。

直至他们遇见了彼此，并告诉对方：你不需要完美，也值得被爱；你不需要有多"怪"，却已然是独一无二的存在。

玩火的小孩

作为自然界最迷人又致命的玩意儿之一，火，自远古以来就和人类有密切联系。我们借由它来提升生活品质之余，也时常提防这随时把人类吞噬的猛兽。除了是人类文明与希望的象征，它同时是盲目而危险的，普罗米修斯向神明盗取火种，人类认定火是神明之物，众生不该为得到圣物而恃宠生娇，该合理地对其维持一份敬畏。

电影《摩天轮》（*Wonder Wheel*）讲述文青之间的三角恋，主角们要面对种种理想与现实之间的矛盾。这样的题材在活地·阿伦的电影中并不陌生，有趣的是，琦温斯莉饰演的女主角 Ginny 有个喜欢玩火的儿子，到处放火闯祸，后来被妈妈带去看心理医生。

很多小孩都喜欢玩火，盯着熊熊燃烧的火焰，神奇又耐看。从点火到燃烧再到熄灭，无中生有，像一场魔术。火光本来就好看，在黑暗中燃烧，温暖之余，确实营造出难以言喻的浪漫氛围。像所有在成年人眼中渐渐从"好玩"变为"实用"的物事，成年人很少静静地注视火光，他们不会如小孩般为火焰着迷。当一个成年人目不转睛地凝视燃烧的火焰，通常是陷入某种对生命的沉思，像《十诫：第一诫》（Dekalog 1）中在冰层上凝视火种的男人，既是沉思者，也是目睹悲剧的局外人。

在柏拉图的洞穴寓言中，人们被困锁于洞穴深处，从未走出洞穴的他们，仅凭火光，在洞穴壁上看到自己和其他物件的影子，他们误以为这些影子就是真实。事实上，在火光的映照中，他们看到的，不过是真实的幻象，如皮影戏，又如现代的电影，让他们在不经意间暂时相信。

我不知道《摩天轮》的小男孩为何喜欢玩火，也许放一把火，在男孩的潜意识里，埋藏着把现实生活烧成灰烬的欲望；也许凝视冷酷的火舌，纷扰的真实世界才有了距离感。人生如戏，却不尽如戏，有时需要一些仪式，才能让我们短暂相信自己正面对的，不过是一出由吵吵闹闹的演员们所演绎的，富有戏剧性的舞台剧。

又或者，他真的只想看一场魔术。

阴郁如冰冷河水般缓缓流过

电影配乐家 Jóhann Jóhannsson 不幸离世，对于一名只有四十八岁的配乐家而言，可谓英年早逝，教人扼腕。听闻噩耗的早上，整个白天我都在听《霍金：爱的方程式》的原声带，收录其中的音乐让人身心舒畅、平静，使我产生了接近永恒与真理的幻觉，是一趟充满灵性的旅程。

冰岛人的配乐总营造出某种难以界定的氛围，听 Jóhann 的配乐令我想起他的冰岛同乡音乐家 Ólafur Arnalds，两人的音乐甫一奏起，莫名的阴郁与哀伤，如冰冷的河水般缓缓流过心底里的一片荒原。但你不会过度沉溺于悲伤的情绪中，取而代之是渐渐从音符间渗透而出的温暖，对于人生中各种错过与失去的慰藉。Jóhann 曾在一个访谈中为这种难以言诠的感受下过几近完美的注释："阴郁被众人误解了，它是最舒服、自在的生活状态。阴郁是一种复杂的情绪，是一种以悲观的角度去看待世界和艺术的方式。"正如我们喜欢看悲剧，悲剧带给人们的是心灵的洗涤（catharsis），我们主动去感受悲伤，回忆或想象痛苦，从而获得一种净化、升华的力量。

我甚少买电影原声带，家中的原声带屈指可数。一直觉得原声带并非可独立存在和欣赏的产物，当然，脱离了配乐的电影和脱离了影像的配乐一样不完整。而只有满足两个条件，我才会买原声带：一、它能制造出一种统一的氛围，而不是简单地把电影中出现过的音乐胡乱地集合在一起；二、它能让我尽可能地回忆起观看那部电影时的独特体验和感受。在我看来，这些除了关乎制作原声带时的编排与选材，亦和电影工作者在创作电影时对于配乐的调性安排与统一性的考量有莫大关系。一位电影配乐家要贯彻自己的风格之余，更应为每一部参与其中的电影，订立一种统一的调性。他的创作该柔软得可被倒进不同形状的容器，同时仍可以是橙汁，是可乐，是爱尔兰威士忌，是水，有其独特气质。Jóhann Jóhannsson 的电影配乐正是完美的示范。

人人都读现代诗

中学毕业后赴台升学，我追剧的习惯也告一段落。直至多年后的今天，Netflix 的出现，才塑造出我的新追剧形态，不时上 Netflix 追热门韩剧。韩剧的紧凑固然是吸引之处，但前提是必须忍受其蛮不讲理、强行浪漫的情节。抛开理性的枷锁，调校好接收模式后，就能享受一套韩剧了。

近年看过几套红极一时的韩剧，无论主角们有着何等身世，无独有偶，都爱读诗。《鬼怪》的千岁鬼怪金信读的是金寅育的《爱情物理学》；《梨泰院 Class》的霸道女经理赵以瑞朗读的，是漫画版作者赵光真的《我是一颗石头》；至于最近热播中的《永远的君主》，大韩帝国的皇帝李衮翻开的，则是民谣诗人金素月的诗集。从凡人到妖精，平民到皇帝，韩剧中的人物，奉诗为瑰宝，诗歌也是构建浪漫爱情生活或励志奋斗故事的催化剂。身为文学创作者，追剧至此，倍感欣慰。

我们常说文化行销，这无疑就是文化行销的典范。热爱文学的编导，除了难以避免的置入性商品行销（如《永远的君主》那家极为醒目的知名手摇饮料店）外，还会思考如何巧妙而有机地，在作品中放入自己喜欢的文学作品，不显突兀之余，以文字升华影像的故事。透过在流行文化中的"亮相"，全球各地的观众亦得以认识这本诗集，先别说热爱，至少可促使观众对诗集产生好奇。如此相得益彰的结合，在流行文化和文学创作壁垒分明的港澳，以至其他华人地区，都非常值得借鉴。

有幻想就有需求，当无数从未接触过现代诗的少女们，看到像孔刘一样帅气的男子，在加拿大午后温和的日光下，捧起一本诗集，也许一群酷爱手捧诗集的"文艺青年"就应运而生。装着装着，说不定就会在某个夜深人静、恋情告急的感伤时刻，翻开那本原先买来的诗集，被其中的诗句感动得泪流满面。

平凡无奇的人的魅力

拍摄《横山家之味》前，导演是枝裕和执意找树木希林出演片中重要的母亲角色。树木希林回忆当年的情景时说："在选角的时候说'这个角色由平凡无奇的人来演最好'。但实际上把人找来了，真的只要'平凡无奇'吗？明明还需要具备'平凡无奇的人的魅力'才行。"

为什么观众愿意看这个"平凡无奇"的演员，甚至渐渐成为其影迷？窃以为，所谓"平凡无奇的人的魅力"，正在于对"真实"的刻画，使普通人显得有血有肉有灵魂。据是枝裕和忆述，树木希林总能在不同电影中一边狼吞虎咽，一边自然地说台词，这一点使他十分惊讶。这项能力需要训练，更需要对表演行业的敬重。边吃边说话是普通人的习惯，在没有镜头的日常生活中，像我们这些普通人，在亲朋好友面前，不顾仪态很正常。但作为要在全世界观众的注视下演出的专业演员，不会有太多人愿意为真实感而放弃仪态，展示一个可能会被嫌弃的"吃相"。很多明星得天独厚，拥有一副俊俏或美丽的脸孔，演戏时，为顾及个人形象以及万千粉丝的感受，被偶像包袱拖垮，时刻在意不能露出难看的表情、吃相、动作等，甚至连展示哪一边的脸孔多一点这类细节，都要在演出中兼顾，还哪有余暇和力气顾及角色、戏剧？

树木希林是一个敬业的"平凡"演员，她所有演出细节上的考量，基本上都只为戏剧服务。因此，她总能奉献出令人眼前一亮的演出。她的很多角色虽然相近，却又富有不同的层次、细节，展示出普通人在平凡中的个性，使我们走出戏院后，会心一笑，或共鸣于角色的喜与悲，从角色中辨认出现实生活中的自己，然后在各自的平凡人生中留下萦绕不散的余韵。

"鲁蛇"之梦

关于梦想的电影多不胜数，尤其是由一堆生活中的"鲁蛇"（Loser）拉杂成军，靠着团结和毅力，击败实力强大的"常胜军"，总令人热血沸腾，鸡皮疙瘩爬满全身，力量之大，甚至能撬动一个成天鼾声大作、中年发福的大叔内心那瓶冷藏已久的香槟的瓶塞。这类故事虽然老土，却永远受观众青睐。《少林足球》《海角七号》，甚至日本动漫《男儿当入樽》，无不套用此老掉牙的公式，使观众投入其中，跟随故事中的平凡人物，一尝酣畅淋漓的逆袭快感。这些作品，描述的与其说是追寻梦想的故事，倒不如说是广大"鲁蛇"的集体潜意识。

和这些振奋人心的故事稍有不同，韩国电影《梦想代表队》中，一群怪异流浪汉排除万难，在前世界级球星带领下，实现在流浪汉世界杯的赛场上，于超级劲旅德国队身上打进一球的目标，就显得相对渺小了。如果《梦想代表队》描述的是一段引人安睡的美梦，那么以捧杯为大团圆结局的电影如《少林足球》，无疑是一场白日梦，必须让观众痛快到底，强逼你在卑微现实中坠入第三层梦境。

拚尽了一切，只为了破蛋，固然难改大比分落败的事实。在外人看来，这不过是一场平平无奇的比赛，又一场理所当然的大败，似乎没什么值得吹嘘回味的理由。然而，在这些"鲁蛇"的记忆中，这段神奇之旅却异常深刻，是他们能向儿孙绘形绘声地描述的一场梦，既私密又值得分享的一场梦。这，不就是梦的价值吗？

《梦想代表队》告诉我们，作为青春的燃料，所谓的"dream"的一体两面：它可以是未竟之梦，是想象中的堡垒，是奋斗前进的高速公路的终点；同时，却也可以是反复咀嚼细味的一段难忘记忆，是努力过后的无悔无憾，是真实又令人自豪的一声欢呼。

是那个蓦然回首的瞬间，你不禁会心微笑，向回忆中的伙伴们说的那一句："原来，你也在这里！"

真正的绅士

自从年少时看过黑泽明的《生之欲》，作家石黑一雄便对这部电影念念不忘，后来更萌生了改编的念头，把故事场景搬到他所熟悉的英国。据石黑一雄透露，当他和制片人讨论导演人选时，他们不希望导演在电影中投入太多个人成长经历与情感，并沉迷于英国的阶级制度或其他社会问题，于是决定排除英国导演。在他们想象中，这是一部纯粹关于"人"、而不是"英国人"的电影。

黑泽明1952年的原版《生之欲》，本就是一个闪烁着人性光辉、并盖过其地域特色的故事。一个三十年来全勤却又碌碌无为的公务员，得知身患绝症后，才意会到原来自己正"活着"。在人生最后的数个月里，他终于在自己的职位上，为社区做了一件有意义的事——建造一个公园。不论是原版《生之欲》，还是新版《伦敦生之欲》，在主角死后，电影仍留下大段篇幅，呈现老头子死后，他的同事和亲友们对他的缅怀。讽刺的是，老头子活了数十年，给人留下的印象竟不如最后数个月般深刻。

作为一部和原版一样能打破国界、使不同观众都能产生共鸣的电影，石黑一雄和导演奥利华在剧本上最大的修改，不在情节，而在角色人物的表现方式。有别于原版的戏剧性处理，《伦敦生之欲》的人物更内敛深沉，间接体现出主创对电影的"在地化"处理。这虽然不是一部关于"英国人"的电影，却不能忽略故事发生在英国、主角是英国人的事实。威廉斯先生自小立志成为一位绅士，举止端庄，有原则，不轻易表露个人情感。而在他生命最后的时刻，他才学会了如何从一个表面的、优雅有礼的绅士，蜕变成为一个真正的、品格高尚的绅士。

石黑一雄改编《生之欲》，最成功的一笔，莫过于把这种"在地化"，毫不刻意地融入"全球化"的人道主义主题中。

也许并没有故事

或许由于记性奇差、过目即忘，加上从小没有听故事的习惯，我对故事一直兴趣缺乏，每次有人很兴奋地跟我说一个故事，我都不以为然，也不耐烦，不打动我的，早上讲完当晚就忘光；有感觉的，记住了感觉，也记不住情节。所以每当有人问我觉得看完的电影或小说怎么样，我都支支吾吾，只说喜欢或不喜欢，有时说出理据，却总说不出故事情节。我特别羡慕口袋里存着一堆故事的人，吃个饭都能顺手拈来一道接一道色香味俱全、耸人听闻的幻海奇情，读过的、听来的、亲身经历的，峰回路转，玄机处处，相较之下，餐桌上的点心都大为失色。而我，甚至连自己的经历都记不清，想起来可能和我对记忆的不信任有关，常常把它外判给手中的笔或相机（最近是手机），以至难以百分百活在当下，记不牢也理所当然。

可能因为记不住复杂情节，电影的故事往往愈简单愈得我欢心。近年我心目中的最佳电影《大师》（*The Master*）、《极速罪驾》（*Drive*）、《色辱》（*Shame*）和《东京出租少女》（*Like Someone in Love*）等，几乎都不以情节巧妙取胜，却能使我沉溺在角色的心理状态、独特的世界观和氛围之中。以影像说故事是基本，但影像真正耐人寻味之处在于描述人类的生存状态。

如果暂时忘掉生活中大大小小的故事，我们可轻易发现，生活的本质混乱无序，是创作者主观地从生活中提炼故事，使它看起来有了意义，传达某种值得流传的道理。故事可简单可复杂，但要深刻，就要令观众产生"人生确有这么奇妙的时刻，这状态好真实啊"的感觉。有如人的身体，"故事"是骨骼，"状态"则是关节和肌肉，是真正使人动起来、有生活感的部分。骨骼、关节和肌肉缺一不可，同样，故事和状态紧密交缠，相辅相成。

电影述说的，毕竟是人的故事，写不好人的状态，看不出人的灵魂，故事也不过是一副老朽的白骨罢了。

爱你是用你的眼睛看世界

当我首次踏足那片陌生的土地，看见那些一辈子都从未亲眼见过的风景，当我走进那艺术殿堂，看到那些与自己牵连半生日思暮想的世界名画，遇上那一位被自己模仿数万遍的大师，我第一次明白，原来大师内心看到的景色，是如此奇妙，是这么动人又不可企及的。

纪录片《中国梵高》聚焦深圳大芬村其中一位"梵高"赵小勇，在仿画梵高名作多年后，小勇终有机会亲临荷兰阿姆斯特丹的梵高博物馆，一睹梵高真迹。虽然距离梵高于此作画已有一百多年，但回到他笔下的街道和咖啡店，小勇如数家珍，每一条街道、每一张桌子、椅子、路人，甚至每一丝光线，都如此熟悉，他第一次感觉到自己是用梵高的眼睛在看世界，艺术家之眼启蒙了他的个人创作，促使从未真正创作过一幅画作的小勇，萌生了创作的念头，重新思考自己的艺术之路。

没有什么比以你的眼睛看事物来得与你更为亲近，我仿佛拥有了你的心灵，和你关切同样的事物，一起多愁善感，感一样的季节，愁相似的时世。我想我更能理解你为什么要用这些颜色，为什么把人们的眼神描画成如斯模样。你为我打开了一扇走进你内心的门，而我多年来敲着敲着，竟忘记了敲门的意义，如今我已穿过那扇门，看见你的世界，以我的经历，你的笔法，画我自己的作品。

赵小勇多年来靠用自己的画笔夜以继日地模仿梵高，养活自己，他不知道自己的画在阿姆斯特丹以怎样的价格出售，不知道商人们可从中得到多少利润，他只干自己擅长的活，以多年的人生，在书中、在互联网上寻找，寻找梵高的心灵之眼。假如只为养家活儿而没有对梵高的爱，他不可能有如此长久的坚持，也不会持续钻研改进技艺。

梵高擅长画"老实人"，那些不耍小聪明，不走旁门左道，踏踏实实地劳动的人。小勇已把梵高画过无数遍，而如果梵高在深圳，相信也会被这位"老实人"打动，为小勇画一幅肖像画吧。

《千与千寻》寻什么?

面世十八年后,日本动画《千与千寻》终于在内地公映,唤起一代人的儿时回忆。虽然宫崎骏创作过无数经典,但《千与千寻》在我心目中的特殊地位至今无可替代,皆因它说的,是一个"桃花源"式的故事。

所谓"桃花源"式的故事,就是从现实,走入一处疑幻似真之地,无论幻境像《千与千寻》一样惊吓诡异,抑或如《桃花源记》般清幽静美,对主角而言,都是一场生死未卜的冒险。但对观众或读者来说,好梦噩梦皆梦一场,建基于现实故事中的谜之梦境,最是迷人。我们代入角色,实现了对现实的二次脱离(进入电影或文章是第一层,紧随主角进入幻境是第二层),当然过瘾。《千与千寻》与陶渊明的《桃花源记》,乃至近年的另一部动画《怪物的孩子》,总会勾起我对"世外桃源"的向往。

回想起来,我求学生涯唯一一次作文不及格,就和《桃花源记》有关。中学某年,老师曾让我们写一篇"桃花源"式的故事。我醉心于构建美好幻境,以为老师也会对我笔下的"桃花源"心驰神往,结果竟不受青睐,"罪名"是心态过于消极——我在故事结尾走出幻境,并对幻境依依不舍,希望可永远活在其中,不用面对繁重无聊的学业。

我们为何执着于寻找"桃花源"?为何对山间小缝中的世界如此依恋?多年后,同辈都成了营营役役的上班族,梦想考上政府工，期待放假出外旅行散心。旅途中的异国风情，不就是我们的"桃花源"吗？难道你我不曾对假期中的超现实冒险念念不忘，产生过"留在这里真不错"的奢想？

据闻北欧小岛申请取消"时间"，因为岛民自觉生活无须受时间规范，这听起来是多少现代城市人的人间桃花源啊！可是，对游客而言，手表仍旧要挂在手腕上，因为数日后，还要赶飞机，回到井然有序的现实，打卡上班。

爱情的模样

日本电影《横道世之介》中，小女孩问祥子她的初恋是个怎样的人。祥子甜甜地笑，说他是个很普通的人，普通得令人发笑。正当小女孩不明所以之际，祥子弃西餐厅的刀叉不用，不顾仪态地直接用手捏起牛排夹包大咬一口。小女孩有样学样，将西餐礼仪抛诸脑后，吃得不亦乐乎。

祥子的初恋是个怎样的人？她用行动展露了这个男人在她身上刻下的烙印：一个善良温暖、喜欢徒手吃汉堡包、看着会令人发笑的傻男孩。

五月天有一首歌叫《爱情的模样》，其中有这样的歌词：

> 你是巨大的海洋
> 我是雨下在你身上
> 我失去了自己的形状
> 我看到远方
> 爱情的模样

雨水本是孤单的，流浪于天海之间，有时落在陆地上，粉身碎骨；幸运的水滴，落在海中，获得了身为水的自由，遨游于大海。

相爱的人都会失去自己的形状，掺入对方对自己无形的塑造，成为两人之间爱情的独有模样，像雨水落在海洋，如水结成冰，或化为蒸汽。祥子第一次和世之介见面就去吃西餐，当时看见憨厚的世之介，看他不顾仪态地用手捏起汉堡啃咬，祥子觉得好玩有趣，也模仿他，暂时忘掉自己富二代的出身与教养，忘掉优雅，忘掉她"该有的模样"。在爱情中，两个人相处舒服的模样（不论是冰，是水，是蒸汽），才是唯一该有的模样。

几年后，世之介英年早逝，于法国留学归来的祥子，从未忘记这个会令人发笑的初恋。她依然看见，尽管现实中变得越来越遥远，却仍旧绕着她的生活打转的，善良而教人会心微笑的男孩。

他是个很普通很普通的人，普通到他的每一个举动，都偷偷地蹿进她心里，在他离开后，依然活在她心底里，时时刻刻，暖着她的心。

无暇对谈的知识分子

无意中读到已故法国导演布列松在《电影书写札记》中的一段话："滔滔不绝不会损害影片。问题在于说话的性质，而非数量。"

几年前，在台湾看完锡兰导演的杰作《冬日苏醒》，内心久久不能平伏。一反锡兰安静的传统，这部电影喋喋不休，一大段的哲学对话如潮水般涌来，让观众一刻难休地专注于严肃的辩证，同时借此表现角色的性格和土耳其社会的阶级差异。走出戏院时，我为如此伟大深刻的作品击节赞叹之余，也不禁纳闷，为何我们很难在港澳电影中看到深刻的对谈？用粤语聊哲学会比较困难吗？难道在我们的社会中，谈论阶级和道德等议题，会显得不自然？

问题也许出在城乡、时代和阶级的差异上。首先，活在本世纪的城市人，互联网发达，资讯丰富，导致我们的思考非常碎片化，而且流行文化的传播无孔不入，于是我们这一代城市人的对话，渐渐倾向于不带逻辑地讨论城中热话和流行文化。

其次，我们的中产阶级并没有太多侃侃而谈的资本。相比起资产阶级和其他平民百姓，中产本应是最有学识，能举起酒杯和朋友们高谈阔论的一群。但在近年的港澳地区，中产阶级已被戏称或自嘲为"中惨阶级"，工时长，收入追不上通胀，还要供楼和养儿育女，因此中产阶级难得有余暇碰面，除了交流育儿经，就只能变成比惨大会，互吐苦水。

《冬日苏醒》与锡兰的下一部作品《野梨树》的主角都是作家，既然中产没余暇，读不了"闲书"，谈不了哲学，作家和常读书的文化人又如何？可惜的是，我们基本上没有全职作家，大家都有一份正职，只好把写作当成业余兴趣，有闲都用来写作了，怎会有余暇进行长篇的哲学辩证？

　　几年后的今天，我总算比较了解，为什么严肃的讨论和辩证，在我们的电影里会显得格格不入。

当一名法国邮差

大时大节，塔石广场常有市集。市集上最受欢迎的，不是位于广场中心的档摊，而是偶尔现身于市集边缘的旋转木马。虽然手机和电脑已大举侵占现代年轻人的童年生活，仍有大量小朋友，愿意排起九曲十三弯的队列，轮候数十分钟，只为享受短暂的"愉快转圈圈"（旋转木马的英文为Merry-go-round）时光。

法国老电影《节日》中，上世纪三十年代的法国小镇，为了一场节庆活动，广场上架起了旗杆，老板精心布置自己的餐厅，戏班送来了旋转木马，小孩子兴高采烈地跟在车后，争先恐后地抢夺一只只木马。在洋溢着欢快气氛的小镇上，只有积葵大地饰演的邮差，绕着小镇，挨家挨户地派发邮件。每个人都认识他，大家都会跟他闲聊，或开他的玩笑。作为一位邮差，他的工作似乎毫不枯燥。工作途中，他会帮忙指挥镇民架起旗杆，会到处吹嘘自己的作为，会与大伙儿一起跳舞，会喝酒喝到烂醉如泥。他慵懒悠闲，寓工作于娱乐，以典型的"法国方式"派送邮件。

不过，这名身材高挑灵活的邮差，看了一场纪录片，片中讲述极具效率的美国邮差如何搭乘直升机，迈入高效派信的新时代。他心有不甘，从此仿效"美国佬"，变成一具不近人情的"派信机械人"，为求速度，避开一切人与人之间的交流。

自工业革命以来，发展中的市镇，难免会经历现代化冲击所带来的阵痛，难以适应的人，或会忘掉自己的身份，以及值得珍视的价值观。当法国邮差麻木地模仿"美国方式"时，却不自觉地舍弃了作为"法国邮差"的他，曾为镇民送上的欢乐时光。

工作固然应全力以赴，但也不能没有一点趣味。当一名前现代的法国邮差，骑着单车，在镇上转圈圈，就像玩一回Merry-go-round，自娱娱人，不用排队，也不失为一份优差吧。

不完全交友指南

电影《伊尼舍林的报丧女妖》的故事发生在 1923 年，正值爱尔兰内战。在离岛伊尼舍林上，却是一片风平浪静，只偶尔听见远处的炮火声。小岛风情令人向往，岛上生活简单，民风淳朴，最大娱乐莫过于去酒吧和三五知己聊聊八卦，喝个醉生梦死。无无聊聊是家常便饭，及时行乐即为人生目标。岛上众生的日常生活面貌，正好对应作家 James Joyce 小说集《都柏林人》的"瘫痪"（paralysis）氛围。

在如此一潭死水中，音乐家 Colm 突然认清，甚至厌倦了这种"瘫痪"，不想浪费时间天天忍受和朋友 Pádraic 在酒吧度过无聊的时光。而和 Pádraic 断然地绝交，令对方甚为不解、悲伤，以至愤怒。二人的小风波，在人际网络紧密的小岛上，堪比一浪巨大的涟漪。

都说爱情是一时，友情却是一辈子。当然，听起来像是拒绝追求者的美丽借口，但无可否认，友情通常比爱情来得更细水长流，因为多数人的爱情谈的是感觉，友情谈的是灵魂（酒肉损友除外）。而在当年"瘫痪"的爱尔兰小岛上，谈灵魂显得太奢侈，所以随随便便两个爱喝酒的无聊人，都能成为朋友，就像感觉对的两人，都能成为情侣。经营一段友情，和经营一段爱情，异曲同工，陪伴重要，关怀重要，包容也重要。不过，包容归包容，三观合不来，生活习惯不合，总不能哑忍。虽然 Pádraic 浑然不觉，但他无趣的插科打诨与毫无内涵的灵魂，令 Colm 厌倦已久，也许是出于礼貌，也许是不忍打翻友谊的小船，Colm 天天默默忍受。正是那看似友善而具绅士风度的容忍，不知不觉间，使两人泥足深陷，酿成了反目成仇的悲剧。

就像 Colm 对 Pádraic 说的："待人友善不会使你名留青史。"他可是在这段友谊中，吃过"待人友善"的亏，才能理直气壮地说出这番话。

摆渡人

数年前，王家卫看中内地小说家张嘉佳的小说《摆渡人》，愿意当张的监制，辅助他改编执导电影版《摆渡人》，尝试以王家卫的风格，配合通俗易懂的剧情和演绎方式，迎合内地一般观众的口味。上映后，虽然口碑欠佳，观众不买账，但从王家卫对电影的支持，可见王导对这个故事的钟爱。

看王家卫电影，爱得轰烈的关系令人心碎，但也有那些细水长流的缘分，在心里淌流不息。

当《阿飞正传》的苏丽珍被旭仔抛弃，独自流连于黑夜中，刚巧于街上巡逻的警察超仔好意慰问，自然成了苏丽珍的"树洞"。两人沿雨后无人的夜街漫步，超仔把苏丽珍向他倾诉的心事藏起来。寥寥数句的交心细语，让苏丽珍从情伤中渐渐恢复过来。她好了，超仔完成了"摆渡人"的角色，也离开了香港。

不仅是《阿飞正传》中的配角，连《2046》的主角周慕云，也当过"摆渡人"，把旅馆老板的长女靖雯，摆渡到日本。周慕云从靖雯身上，看到他一生挚爱苏丽珍的影子。跟苏丽珍一样，这女人喜欢读武侠小说，也和周慕云在小小的旅馆房间内，一起写过武侠小说。不过靖雯早已心有所属，对远在日本的男朋友念念不忘。于是，某个平安夜，周慕云鼓励靖雯重新和男友联系。见她用他工作的报馆电话和男友聊得尽兴，情意绵绵写满脸上，周慕云虽有不舍，却也满足。不久后，靖雯在日本结婚，周慕云作为"摆渡人"的工作也完满结束，继续把悲伤留给自己。

　　每个人都有机会在一段爱情故事中成为主角，同时在另一段爱情中充当绿叶、过客。电影《摆渡人》有云："真正属于你的爱情，不应该是伤人的冰块，应该是一杯温暖人的热茶。""摆渡人"像一炉文火，将冰融化。暖了一壶茶，火也该熄了。

吵者爱也

读刘以鬯短篇《吵架》，整篇描写因夫妻吵架而被破坏之物，本应温馨的家庭变得支离破碎，一片狼藉。结尾女主人留下字条，因丈夫出轨，她决定离婚。字条最后，她写道："电饭煲里有饭菜，只要开了掣，热一热，就可以吃的。"

读到此处，不禁掩卷。全篇最妙一笔，不吵，不闹，不带情绪，叫人拍案叫绝。这记回马枪，使全篇本来看似过分戏剧化、写得太浓、味精太多的静物描写，有了意义。所谓打者，爱也。吵得越激烈，爱得越深沉。若然婚姻中已无爱，外遇也戳不到痛处，想来不会有这种写满洋洋数页、砸破全屋家具之必要，连动念都费劲。

破碎的玻璃杯和花瓶，撕碎的报纸，撕成两半的合照，摔坏的壁灯、热水壶，被刀子割破的油画，裂开的电视荧光幕，坏掉的时钟，散落一地的麻将，倒下的茶几，破碎的鱼缸，甚至连掉在地上的鱼，都死光了。泻满一地的水，如果换成血，肯定成了极残暴的凶杀案现场。这些"受害者"，若放在银幕上呈现，观众肯定认为太刻意。然而，读到最后，我们知道，每一物，每一道裂缝，都在滴血，都是爱。

物怎么乱怎么破，仍是身外之物；一碗饭，却关乎生理需要。闹过了，发泄过了，爱情生锈了，也还在那儿。哭过，痛过，纵使分离，不再是夫妻，但在同一屋檐下，彼此习惯了，依然是亲人，亲近之人。

想起电影《婚姻故事》，男女主角经历了漫长的互相折磨，终于离婚，并各自拥有新的恋人和生活。电影结尾，当 Nicole 看见前夫的鞋带松了，仍会为他系上。爱会褪色，但生活的默契，却实实在在地留下来，成为历劫后的一瓣玫瑰。

　　小说和电影这轻淡的几笔家常便饭，举重若轻，道出了不少婚姻中难以启齿的辛酸。多少人在爱情路上，从爱人，一路摔成了亲人？多少人在婚姻路上，一路撕扯，成了袒裼相对的陌路人？

爱情来了

从暧昧步入一段正式的恋人关系，常常需要通过名为"告白"的仪式。爱情来临，那些暧昧时光既甜蜜又痛苦，辗转反侧难以入眠。每当和对方聊天见面时，感受到那强烈的心跳，才第一次意识到自己竟然活得如此真切。为了终结"不确定"的痛苦，告白仪式少不了，却又令人忐忑难受。到底要挑怎样的场合？打扮得时尚还是朴素？日间抑或夜晚？面对面还是透过互联网？简单地说一句"我喜欢你"，还是深情地说"我爱你"？相识不久便直奔"我爱你"是否显得太矫情？可"我喜欢你"根本不足以表达我对这个人的深刻感情啊！

当然，不是所有告白仪式都要如此直接，像格雷安·葛林笔下一对坠入爱河的恋人，是透过洋葱来表露爱意的。《爱情的尽头》中，作家墨瑞斯和有夫之妇莎拉第一次去看电影，看的是根据墨瑞斯的小说改编的电影。戏中一对情人到小餐馆用餐，点了牛排和洋葱，女人迟疑了一刻才去拿洋葱，导致她的情人不悦，他知道她迟疑是因为她丈夫讨厌洋葱。他难过，想到她回家后就会和丈夫拥抱，他既嫉妒又愤怒。

看完电影，墨瑞斯和莎拉也去餐馆吃牛排，并讨论这场戏。墨瑞斯问莎拉她的丈夫亨利是否在意洋葱的味道，莎拉说亨利很在意，受不了，并反问墨瑞斯是否在意。墨瑞斯回应说他喜欢洋葱，莎拉随即为两人分别拿了一些洋葱。

这种"告白"，含蓄又暖心，不直接说出"我喜欢你"这般不留余地、令人脸红耳赤的话语，便无须承受可能随之而来的尴尬。爱情并不一定要轰烈澎湃，宣之以似乎要捆绑一辈子的山盟海誓；相反，爱情的模样，往往在随意的一顿家常便饭中，在一言一语、一举手一投足之间，自然流露，是呼吸，和那提醒人正活得真切的心跳，同样响亮。

一见钟情

一见钟情的感觉，令人疯狂。也许是一次聚会，一次偶遇，一举手一投足，脑内的化学反应令人沉迷、陷进深渊，像傻子般，失了魂，落了魄，使人难以自拔。如果不能和那人一起，甚至无法再见一面，都教人极为难受。

对于这种奇妙而浪漫的邂逅，像传说，像鬼故事，有人深信，有人一笑置之；有人羡慕，有人不屑。而小说家格雷安·葛林，似乎对此深有体会。在小说《沉静的美国人》中，美国人派尔，为了一位初次见面、只和他跳过一次舞的越南女子，从越南南部的西贡，穿越一千多公里，来到北部战地，冒着被炮火炸得粉身碎骨的危险，只为对情敌说一声：我要和你展开竞争。

透过此荒谬之举，格雷安成功塑造出这位从美国远道而来的外交人员，彬彬有礼的外衣底下，渗透出浪漫化的自由主义气息。这种个人理念，看似伟大，却同时是危险的。一见钟情很盲目，不会考虑实际问题，比如对方单身与否，三观如何，对恋爱的态度等等。即使爱上了别人的女朋友，对于被一见钟情冲昏头脑的人而言，如同中了丘比特之箭，不行动，不表达爱意，简直活不下去。

派尔深受其苦（或甜），但他是一个天真的美国人，为求心中公义，要抢，也得光明正大地抢，甚至甘愿赌上性命，这就有点数百年前欧洲，以至沙俄时期为维护男人尊严而展开的攸关生死的决斗味儿了。由于认定了心中公义，牺牲小我，完成大我，是他们的准则。于是在越南从事秘密行动的派尔，决定宁愿牺牲小部分平民，也要在越南建立所谓的第三势力，将当时的越南从越共和殖民者手中"拯救"出来，如同他决心要将自己的爱人从看似黯淡的未来中"拯救"出来一样。

葛林是否相信一见钟情？我不知道，但他似乎对当年很多美国人"一见钟情"地拥抱自由主义的倾向，保持着警觉。

短暂的同路人

新版《蝙蝠侠》结尾，蝙蝠侠和猫女在墓园道别，猫女准备离开伤心地葛咸城，但蝙蝠侠拒绝与她一同离开，决定继续留守于罪恶之城，完成他的英雄伟业。道别过后，猫女骑车离开，此时蝙蝠侠难掩不舍，想到以后也许没机会再续这段雾水情缘，便骑上他的蝙蝠战车，追上猫女。两人并排而行，到了墓园出口，分道扬镳，蝙蝠侠在蝙蝠车的后视镜中看着逐渐远去的猫女。

总曾有过一位同事，或同学，使你产生过某种暧昧不明的情愫。你会不由自主地绕到她附近，与她交谈，享受两人共处时舒适写意的时光。这种情感未必发展成恋爱关系，也未必会宣之于口，但你总会不经意地留意对方的一举一动，把握任何与其产生交集的机会。如果在学生时代，你也许会在放学后，与对方一起走上一段路，尽管完全不顺路，你却会撒一个小谎，假装是同路人。明知和她道别后，要独自花上更多时间和力气回家，但年少气盛的你，有大把大把的青春，觉得和她虚度的时光，无比耀眼而珍贵。

长大后，成为身不由己的上班族，下班时间，你仍会设法追上那部对方正在等待的电梯，只为了和她再共处一分钟。电梯上，即使没有搭话，也感到亲切而安心。离开工作的大厦，她的注意力已转移到手机上和她对话的那人，或许没再和你点头微笑，便匆匆离去，赶回家吃饭，照顾家庭、孩子。而你，同样果断地往另一个方向走去，等待你的，是另一个饭局，另一个家庭。从此刻开始，你们各奔西东，在那天剩下来的时光里，相忘于江湖。你不再回头，但你很想像蝙蝠侠一样，沉入最深的黑夜中，却仍保留一块后视镜，偷偷目送她离开你的视线。

真爱让多少人生孤独

台湾歌手陈升出道数十年，依然在乐坛上屹立不倒，更凭去年的闽南语单曲《雨晴》，斩获了金曲奖最佳作词人提名。其中有段歌词"小小的我哪里知道哎哟喂啊，真爱让多少人生孤独"，诉说了外婆对年纪小小的"我"的爱情劝诫：多情难免受苦，爱得愈深，孤独也愈深。

与年青时的名曲《不再让你孤单》相比，历经岁月淘洗，陈升笔下的爱情亦无可避免地在原来语不惊人死不休的轰烈纯粹中，长出一道道皱褶。年少时对美好爱情的向往，爱情初萌时柔和而温暖的阳光，私订终身时幸福洋溢的誓言，一切看似浪漫永恒。然而到了《雨晴》，陈升已届耳顺之年，换了一个角色，化身曲中的外婆，向孙儿道尽情路坎坷。有些话只有年轻气盛才说得出口，有些则要到了爱过恨过沧桑过的年纪，才得以化为一声慨叹，将经历爱情之前的孤单，超度为爱过痛过以后的孤独。

罗大佑的名曲《是否》，是另一首我十分钟爱的情歌，其中也有一句"情到深处人孤独"。罗大佑和陈升算是同代人，对于爱情的这一面，所见略同。一起踏上旅途的恋人，常有一人会悄然下车，独留深爱着的那一位，以为仍旧和旅伴分享沿途风景，却没料到身旁已是渐冷的空座。深情的那位用漫长的余生回忆那一段也许短暂却幸福的时光，买了一趟又一趟的来回车票，贪婪地任想象和记忆填补孤独，却不觉让自己陷入了更深的孤独。

后来的那些日子，她未曾和你一同经历。而那些一同走过的路、见过的风景，你记得并珍而重之，她却早已忘记。你永远无法叫醒一个装睡的人，无法点亮那些不愿被唤醒的记忆。

孤独是甜蜜的后遗症，如同一颗蛀牙，坏了可以补，但已不再是原来的那一颗。

进入虚拟世界

自从近年虚拟实境（VR）开始流行，VR 电影和电玩游戏成了潮流玩意儿，大家纷纷好奇地钻进各种被创作出来的异世界。然而，潮流来得快，退得也快，由于内容跟不上，没有真正令人大开眼界的世界观和革命性的感知方式，人们选择放下笨重的 VR 眼镜，回归传统娱乐。

虽然暂时未能进入主流娱乐，但 VR 科技为我们描绘的未来景象，却充满了想象空间。描述 VR 世界的科幻电影如雨后春笋，有别于上一代像《星球大战》《异形》《2001 太空漫游》等探索外太空的科幻电影，关于 VR 的科幻片探索的，更侧重于人的内在世界，由人类建构出来的，与人类欲望、记忆相连的世界。

既然是某种和现实世界完全不同的空间，电脑动画技术的发展，便成了这类科幻电影的基础。像《挑战者 1 号》和最近正在播放的影集《边缘世界》，都有其独特世界观，建构如此巨大而有特殊运行规则的空间，必须要有成熟的电脑特效支撑。直到最近几年，电脑特效的发展终于能很好地呈现 VR 科幻小说的想象，迎来了如刘宇昆、威廉·吉布森等科幻作家的 VR 名篇被搬上大银幕的绝佳时机。

当然，像动画《万神殿》里扫描大脑、上载智能并达致永生的高概念，以及作为无实体的"智能"要如何以影像呈现，如何与戴着 VR 眼镜的真人互动，都是一堆几乎没有参考对象的难题，只靠电脑特效的炫丽画面，绝不可能蒙混过关，更考验的，是创作者的想象力和逻辑推理能力。除了要处理一堆崭新的异世界运行规则，创作者更要兼顾故事中人类的情感逻辑。

相比起外太空与非我物种，我们的脑内世界一样浩瀚无边。好的科幻电影不一定无比华丽复杂，但肯定是关于人类的。这也是为什么四十年前的科幻片《银翼杀手》依然伟大，依然教人叹为观止。

乐迷的心愿

坂本龙一最为人熟知的音乐作品，是 1983 年为大岛渚导演的《战场上的快乐圣诞》所创作的配乐，至今已有四十年。四十年间，他一直努力创作出能超越它的作品，借以打破"以 *Merry Christmas Mr. Lawrence* 闻名于世的坂本龙一"这一公众形象。

作为一位艺术家，以某作品大获成功后，往往希望突破自己，或完成某种蜕变，坂本龙一也不例外。直到离世前，他一直尝试寻找新的音乐，新的表现方式。而没能打破大众对"以 *Merry Christmas Mr. Lawrence* 闻名于世的坂本龙一"这一认知，使他感到厌烦之余，更令他无视乐迷的盼望，在长达十年的时间里，没在个人音乐会上演奏过这首名曲。终于到了某天，在别人的演唱会上，他体验到对一首名曲引颈以盼并最终得到满足的滋味。自此，他才考虑到自己乐迷的感受，愿意重新在音乐会上，演奏这首经典之作。

这是作为表演者的坂本龙一，学习和听众沟通的过程。只有经历角色转换，设身处地把自己置放于观众席上，才能跳出自我的创作框架，和观众对话。除了是一名艺术家外，坂本龙一也是一位表演者，将自己的作品弹奏、演绎给听众，那就不能忽视听众是为了什么而买票进场了，是为"努力寻求突破自己的坂本龙一"，还是为"以 *Merry Christmas Mr. Lawrence* 闻名于世的坂本龙一"呢？这或许不是艺术家坂本龙一该考虑的问题，却显然是作为演出者的坂本龙一该思考的问题。

　　去年底，坂本龙一为世界乐迷送上了一份圣诞礼物——他最后的一场音乐会。在那个被悲伤笼罩的日子里，*Merry Christmas Mr. Lawrence* 没有缺席，满足了所有坂本龙一乐迷的心愿。

葬礼歌单

夜深人静，亮起台灯，翻读书本。赫然在网上发现坂本龙一的葬礼歌单，便把它当成读书配乐。我不禁好奇，坂本龙一到底喜欢、选择了哪些音乐，陪伴自己步上人生最后一段路？

歌单第二首，是熟悉的旋律，一首电影配乐，一时间竟没想起是哪部电影。一看歌单，原来是高达（Jean-Luc Godard）的《轻蔑》里、出自欧洲电影配乐大师 Georges Delerue 的柔和旋律，法国新浪潮的怀旧气息渐渐笼罩。

《轻蔑》的这一首配乐，勾起了往日的美好时光。十多年前，迟到了两分钟的我，摸黑走进台北光点的小影院，Georges Delerue 的音乐自远而近，随镜头缓缓地滑过新浪潮性感女神碧姬芭铎曼妙的裸背，芭铎俯卧床上，喋喋不休地问米修柏哥里：你喜欢我的腿吗？你喜欢我的臀吗？你喜欢我的肩吗？我的脸呢？唇呢？耳朵呢？慵懒、棉絮般的情话，以及艳丽的画面色彩，温柔推进的音乐，构成我最深刻的新浪潮记忆之一。除了在《轻蔑》和高达合作过之外，这名法国作曲家也曾为杜鲁福的《祖与占》《日以作夜》，雷奈的《广岛之恋》等当年家喻户晓的新浪潮名作谱写过配乐。当坂本龙一决定将这首为芭铎量身订制的主题曲，纳入自己的葬礼歌单时，想必也在缅怀那个美好而革命性的电影时代吧。

听完 Georges Delerue 的芭铎之歌，我从抽屉中翻找出最珍爱的电影配乐 CD，是大学时在台北诚品购买的四碟装欧洲电影配乐集。印象中我有买过一些电影原声 CD，但真正记得并存留下来的，就只有这套合集了。毫不夸张地说，电影史上最经典最令人激动的音乐，几乎都囊括其中了。感谢坂本龙一，借此最后机会，让葬礼的出席者，以及悼念他的我们，再次忆起电影史上美好的时代。

没有你，我要如何活下去？

大部分电影都有配乐，优秀的配乐是电影中不可或缺的元素，与戏中的情绪或氛围完美结合；而经典的电影配乐更可独立于电影存在，令人把它归纳为某音乐大师的作品。"不是为电影配乐，而是要创作出适用于电影的音乐"是知名电影配乐家 Michel Legrand 的主张，他"抢戏"的音乐，把电影配乐的尊严，招了回来。

Michel Legrand 于去年离世，他声名最响亮的配乐作品，当数二十世纪六十年代和法国新浪潮作者导演们合作的电影配乐，其中尤以积葵丹美（Jacques Demy）的两部歌舞片《秋水伊人》和《柳媚花娇》，完美演绎了法式浪漫爱情的轻快与凄美，最为人所津津乐道。老实说，撇开配乐，这两部片的故事，可谓相当老土。特别是《秋水伊人》，述说一对相恋的男女，男的当兵，女的等着等着就嫁给了别人。几年后，男人退役，与他深爱的女人在油站重逢，两人慨叹命运多舛，半生缘尽，他们终究不能在一起。几句话说完的故事，却必须坐在戏院中感受，拜配乐、美术与表演所赐，把如此平庸的故事，提升到令人难忘的层次。

上回看《秋水伊人》，是在台北的光点电影院。小小的影厅中，全片第一个镜头展示了小城镇瑟堡的景色，镜头渐渐往下摇，摇过一道昏黄的阳光，成为一个鸟瞰的上帝视角。一场骤雨使人猝不及防，Michel Legrand 的 *Je ne pourrai pas vivre sans toi* 如期奏起。路人撑起不同颜色的雨伞，进入又离开摄影机框出的舞台，舞台如人生，相遇，错过，离开。

漆黑中的我，仿佛听见导演积葵丹美对 Michel Legrand 凄婉的呢喃：没有你，我要如何活下去？

大师们的人生句点

瑞典电影大师英玛褒曼（Ingmar Bergman）百岁诞辰刚过，犹记得 2007 年，褒曼和意大利导演安东尼奥尼（Michelangelo Antonioni）于同日逝世，欧洲艺术电影双璧骤然陨落，电视机前的我青涩懵懂，对两人的印象并不深，只知既然连香港电视新闻都有提及，想必是非常重要的创作者吧。

每次想起已不在人世的电影导演，脑海中就会浮现一位大学通识课老师说过的话。他提到法国导演高达年事已高，大家可期待一下他逝世的消息。此话一出，举座哗然，他岂能用"期待"一词？当然，我们都明白他的意思是，大家尽管期待大师离世后，各媒体和组织将为他举办的盛大回顾与悼念活动。不过，大师仙游，创作年表从此定格，不能再于各大影展的参展片单上读到他们的名字，期待他们的新作，确实教人万分惋惜。

说到著名导演的辞世，希腊的安哲罗普洛斯（Theo Angelopoulos）在拍摄新片现场遭遇车祸身亡，死在电影拍摄中，也算得偿所愿。这宗令人猝不及防的意外，不禁使我联想到他电影中那些空旷的雾景，也许他就躺在被一片浓雾笼罩的港口，平静祥和，成为自己电影的一部分。

前年，在天堂的聚会上，童心未泯的伊朗导演阿巴斯（Abbas Kiarostami）也报了名。年逾七十仍在世界各地拍片的他，才完成《东京出租少女》不久，又准备去杭州拍片，可惜我们再无机会看到他首次在中国拍摄的电影了。他的遗作是一部完全摒弃叙事的电影——《二十四格》，二十四个场景，主角几乎全是动物，以动物隐喻人生，像他的诗，既纯粹又充满想象空间，可谓他一生思考的集大成之作。

电影的最后一个镜头，一个正在剪辑影片的人睡着了。我们凝视躺在电脑前午睡的人、他的电脑中逐格放映的绚丽场景，以及窗外单调枯燥的景色，这不就是电影、梦与现实人生的对照吗？此时，漆黑戏院中的我已泪流满面，心想能创作出这样的电影，阿巴斯总算为他的电影人生，画下完美句点了吧。而作为一位观众，能看到它，又是何其幸运。

变得不朽，然后死去

二十世纪六十年代法国新浪潮领军人物高达日前离世，终年九十一岁。毕生以电影写论文的他，在生命并非无可挽救的情况下，选择以安乐死的方式结束其传奇的一生，细想之下，也很"高达"。

家人称高达无大病大痛，只是精疲力竭，受够了，于是选择有尊严地离去。精疲力竭，恰如他 1960 年一鸣惊人的电影片名《断了气》（*Breathless*），他本人的一生，也像极了电影中的男主角 Michel，桀骜不驯，打破法（常）规，在象征权威的警察追捕下仍不慌不乱，自信得无可救药。曾经的战友，另一名新浪潮传奇导演杜鲁福，如同电影中的 Patricia，"背叛"了他，和他走上截然不同的电影之路。虽然在人生的不同阶段，拍摄过不同题材和风格的电影，与资本主义和荷里活商业电影抗衡了大半生的高达，似乎将自己的一生，浓缩在这部九十分钟的长篇处女作中。

这些年来，除了与接踵而至的疾病搏斗外，高达依然身体力行地反抗现有体制，展现他的批判性思考（创作出一篇篇影像论文），以及对荷里活的蔑视（拒绝领取奥斯卡终身成就奖）。但在这个爆谷电影泛滥、艺术电影市场逐渐萎缩的年代，年迈的高达也显得有心无力。于是，在人生的最后关头，他又换上当年杨波·贝蒙的戏服，以永远年轻张狂的内心，演活片中不羁的逃犯 Michel。相同的戏码，跨越六十年，他的选择始终如一，对于世界，对于人生，他只觉得"精疲力竭"，不想再逃。赖活，不如好死，他宁愿在死神面前，自信地摆出一张专属于天才的鬼脸。

高达以他的电影论文，在电影史上刻下了浓重的印记，启发了半个世纪以来的电影作者。正如《断了气》中的受访作家所言，他的最大追求，就是"变得不朽，然后死去"。

高达，做到了。

情　事

细水长流的小城日夜

黄昏时分离开越南，当飞机远离那片迷人的土地，准备没入浓浓夜色时，多愁善感的我，凝望窗外秀美的河川，于笔记本上写下"跨越时区的过程使人对时间流逝更敏感"。在厚厚的云端上，我们若非逃离，就在追赶夕阳，要么加速沉入黑夜，要么对白昼眷恋不舍。两小时的飞行中，我的身体往香港的夜坠落，心灵却在越南的土地上滞留。

对于旅行，每次在准备行程时就感到难过，自知多数会爱上行将踏足之地，却难免匆匆远离。常想象自己能在喜欢的异地生活、工作、恋爱，哪怕路途崎岖，哪怕有多少绵长的夜晚我将思念故乡。

会安、顺化和岘港三个近海城市中，我最喜欢顺化。广场上踢球的男孩、凉亭下跳舞的大妈、龙船上营生的漂流家庭、香河边休憩的学生和叫卖的小贩们，无不在点燃各自的生命之火，以其独有的方式分享着这城市的日与夜。

在顺化短短两天，我们每逢下午都走到香河沿岸，找那些踢球的孩子。足球是我们唯一的共同语言，脱下一双凉鞋，分置两边，充当门柱，和他们踢球，我仿佛找回早已失却的童年记忆、巷口情怀。

华灯初上的傍晚，一些越南大学生用不错的普通话给我们唱《月亮代表我的心》。在越南，邓丽君的名字家喻户晓。

虽无特别节日，深夜的顺化，大马路沿途亮起五彩缤纷的灯饰，阵阵微风沁凉，路上少有车辆，我们放肆地走在马路中心，眺望林荫道往消失点笔直延伸，身心舒坦。沿河公园的草坪上竖起"我爱顺化"的雕花灯饰，斜对面屹立着大半世纪前默片大师卓别林曾入住的酒店。顺化俨然是一出默片，低调，却有淡淡韵味。有别于会安和岘港，它不太适合旅游，而更适宜定居。离开这么一座细水长流的城市，像与青梅竹马的挚友道别，使人倍感哀愁。

回程中我反复练习越南语那悦耳的"你好"，却赫然发现忘了如何说"再见"。可惜的是，不懂说再见，并不能拒绝离别。

愿你在这复杂的世界里简单地活着

越南顺化是末代皇城，阮氏皇朝的宫殿坐落于香河北岸。1945 年，末代皇帝保大交出政权，君主制被废除。如今，皇宫已成世遗，游客纷至沓来。面对随处可见的颓垣败瓦，我凭吊遥想那段轰烈的民族史。据闻日本曾劝保大帝与其勾结，保住帝位，抵抗由胡志明领军的越盟。但保大帝不愿当日本的傀儡，为私利而与他国结盟，屠杀本国同胞，于是决定放弃帝位。这段历史除了彰显越南人的尊严与团结外，更为顺化这座城市添上了一缕悲壮的气息。

顺化人容易敞开心扉，真诚地向人分享内心想法。读旅游或外语的大学生会积极地与外国人交流。一位顺化女孩问我觉得越南女孩如何，无知的我当下只能想起明信片中穿白裙戴斗笠的传统女性形象，然后脱口而出两个形容词：美丽、神秘。话音刚落，我仔细观察眼前的两位女孩，她们一个像韩国女孩，一个像日本女孩，与我的刻板印象相距甚远。而且她们受韩国流行文化影响尤深，这大概是全球化的后果，我们能接触到的文化环境已经愈来愈单一，而这些环境又把活在其中的人塑造成愈来愈相似的"国际公民"。

离开越南到世界各地去看看，是这些女孩的梦想。她们很羡慕我们能出国旅游，尽管对我们而言，这只是一次不太奢侈的小旅行。她们每天都用功读书，希望学好外语，同时以兼职将假期填满，一步一步接近自己的梦想。顺化人每月的薪水，普遍只有二千多澳门币，要出国绝非易事，不知要花掉多少年月的积蓄。但正因为每一分钱都赚得有血有汗，她们才更懂得认真努力地生活，为简单明确的目标而奋斗。

我不时想象，假如她们有朝一日移居至韩国或澳门，会过着怎么样的生活。未来无法预测，但在自己故乡为单纯的梦想而认真过活，是青春最好的证明。

不管以后将活在多么复杂的世界，愿你们仍能保有纯净的心，简单地活着，过自己想过的生活。

会安男孩

会安是越南中部极富特色的城市，老街每晚都挤满游客和当地人，小河沿岸整齐排开一列列古旧低矮的房子，一串串传统灯笼亮起灯，洒满每条喧闹的街道。越南妇女们一人撑起一艘小木船，怀里抱着一堆纸船，每只纸船里安置一块蜡烛，供乘船的游客放在河中许愿。我和K在老街附近的旅馆住了两个晚上，除了繁华热闹的夜晚外，也感受到古镇老街气氛截然不同的白昼。

上午，游客们多半尚未抵达会安，已抵达的大多都跑去参观散布在古镇各处的中国会馆，街上游客不多。沿街摊贩还没搭起简陋的食店，塑胶桌椅一张张往上堆叠。

黄昏，古镇上的游客和当地人从各方渐渐汇聚起来。戴斗笠的越南妇女挑起扁担，准备好香蕉和芒果等当地水果，向路人叫卖。小食摊贩纷纷把桌椅沿河一字排开，捻开灯泡，备足食材，煮出一碗碗热腾腾的驰名高楼面，让来自五湖四海的游客们挤在河边，一边品尝当地美食，一边欣赏两岸及河上夜景。

对我而言，这古镇最引人入胜之处，在于它很好地将旅游观光和当地民生结合在一起。我们本来预期作为旅游热点，当地人的生活将被蜂拥而至的游客所掩盖。但实际走在老街上，无论是沿路叫卖的小贩、食店的摊贩、船上戴斗笠抱着一个个愿望的妇女、三轮车夫，抑或只是来逛街的当地年轻人，他们的一举一动、一颦一笑，全都散发出浓浓的生活气息，日复一日，这里就是他们每天徘徊的社区，生活的网络。

我们往老街方向走过去，当地人不疾不徐，在赶往工作的路上。一些年轻人穿梭于河的两岸，有的骑着电单车，有的踩着单车，各自沿固定的生活轨道行进。我站在一条小桥上，迎着落日，感受柔和的日光，任微风轻轻扫过。几个小男孩踩着单车准备过桥，有说有笑。我闻到一缕青春的气息，于是本能地举起挂在脖子上的傻瓜相机，等待他们爬上小桥，在夕阳前呼啸而过，试图将似乎转瞬即逝的青春，刻印在一格黑白菲林上。

有些照片会动，一格画面，像每秒二十四格不停运转的电影，匆匆一瞥，却是持续不断的生活，给人一种永恒不灭的幻觉。凝视着这几个一闪而过的小男孩，犹如观看一部每个人都经历过的青春自传电影。也许他们刚温习完功课，正打算去老街吃饭；又或者他们刚从附近的海滩归来，一起去老街买雪糕。我不知道他们从哪里来，将往哪儿去。唯一能确定的是，他们从一个白天，驶向一个夜晚。而青春就是，你有数不尽的白天和夜晚，不必为将要驶入黑夜而感伤。

一场永志难忘的大雪

早前越南 U23 足球代表队历史性闯进亚洲杯决赛，越南各大城市随即出现万人空巷的盛况，数以万计的男男女女在自己脸上画上国旗，骑着摩托车，扎起印有支持越南 U23 代表队标语的头巾，挥舞黄星红旗，塞满大街小巷，疯狂地庆祝越南足球史上非常值得纪念的一天。老婆婆拿出一只大铁盘当成锣鼓在路边用力敲打，孕妇挺着八九月大的肚子在街上挥动国旗，沸沸扬扬的氛围使人动容，连平常不看足球的民众们，都纷纷加入人潮，为自己的国家打气。

万众瞩目的决赛当天，越南队要面对非常不利的客观因素——下大雪。比赛场地位于中国常州，对手是乌兹别克斯坦，同样首次打进 U23 决赛的队伍。到常州后，第一次看到皑皑白雪的越南队员在街上玩雪，展现了非常纯真的一面。但在赛场上，随着比赛进行，球场积雪愈来愈厚，对于未曾经历雪战的越南队员来说，在体力和技术层面上，都是极其严峻的考验。越南球员们凭着顽强的斗志，不惜气力地奔跑，抵挡住对手一浪接一浪的攻势，却于最后一分钟失守，输掉了比赛。赛后，球员们和数千专程来现场支持国家队的越南球迷一起痛哭。这是一场铭刻在他们心里的大雪，将一个寒冬的欢快与失落深埋其中。

我喜欢和越南的孩子一起踢球。他们踢球时常常不穿鞋，在凹凸不平满布碎石的露天广场上，当我还在担心自己的球鞋会踩到他们的脚时，他们已忘我而无畏地展现自己的球技。从他们的脸上，我看到了专注与快乐，仿佛在这项他们热爱的运动中，没有什么荆棘是无法跨越的。

近两世纪以来，越南民族不幸地经受了诸多磨难，曾沦为法、美等国在政治上的棋子，遭受来自法国和美国的轮番轰炸，这一切都造就了越南人坚毅、无惧困难的个性。虽然无法捧起奖杯，但越南足球队已赢得来自世界各地的尊敬。越南人对足球的热情，以及不屈不挠的韧性，成就了这支卓越的球队，还有属于这个国家足球事业的光明未来。

搭错车

一个人旅行，特别适合我这种不喜束缚的人。走到哪玩到哪，主意随心情说变就变，随时随地吃喝拉撒，无须民主亦不必共产。不过，这些实属其次，对我这种脑子少根筋走惯冤枉路的人而言，最大好处无非是旅行的容错性。即使出了差错，顶多对自己咬牙切齿一会儿，不用承受旅伴可能带有的情绪和怨气。风景不似预期，却往往带来截然不同的体会。

某次独游越南，在岘港坐火车去顺化。本来三小时的车程坐了两个半小时，才赫然发现方向不对，北上成了南下，座位也从硬座变为舒适的软座。我查了查手机定位，赶忙在下一站广义下车。拖着行李箱，买了几小时后下一班北上回顺化的火车，便顺势于此陌生之城游荡。随便找家餐厅吃过饭，闲逛两三小时，拍些照片，傍晚历经六七小时的车程回到原来的目的地。

由于路途遥远，我选了卧铺，打算必要时稍作休息。可是，一打开卧室，上下铺合计四张床，连我一起，还有三四个小孩，以及一堆大大小小的行李，要住十个人。这卧室内全是当地人，各种食物气味充斥，和脚臭及各种体味汗味一道，混成一种复杂气味。因为语言不通，无人能和我沟通，偶尔和谁视线对上，只能一笑置之。虽然听不懂他们相互间的对话，依我猜测，他们来自一至两个家庭，正在回家路上。

随夜色渐深，各人活力骤降，大人小孩逐一就寝。此时，除了窗外疏落而微弱的路灯，室内唯一光源，来自一位父亲的手机屏幕。他不时一手为斜躺熟睡中的小儿子搧风，一手拿着手机，压低音量，观看一场足球赛。他身处的那张床，已被两个小孩和一位少女霸占了一大半，剩下的空间，他躺不下，只好屈身而坐，在手机的微光中，打发掉剩余的夜晚。

那是我印象尤其深刻的，一位父亲的形象。

古都城墙外的音乐家

每年愚人节，脸书都会被"哥哥"张国荣洗版。去年我向Q介绍了这位香港一代巨星，岂料她像交换秘密一样，向我介绍了另一位巨星，同样在愚人节当天去世，死讯同样令人难以置信，以致被误认为是愚人节玩笑的，越南的 Bob Dylan，郑公山。

顺化长大的郑公山，是越南的国民偶像，曲词皆精，一生写下无数经典名歌，为千万越南人传唱数十年。时至今日，当你在越南坐上某台计程车，或路经某家提供 KTV 服务的廉价餐厅，随时都能听到他的歌。

郑公山经历过越战的艰困岁月，写了不少反战歌曲，甚至出演过反战电影。不过，到今天仍脍炙人口的，当属郑公山的情歌。他最经典的情歌，不只把对人的情感写得凄美动人，更擅长写景，意象丰富，把故乡的景物，描写得像挚爱的面容一样，令人难忘与不舍。歌中浓厚的乡愁，让越战后很多去国怀乡的难民们，听着听着，不禁悲从中来。

他有一首《昔日之美》(*Diễm Xưa*)，回忆一位经常在顺化树下走过的女子。透过对纤纤身影、古塔、落叶、雨水的着墨，轻描淡写地展现了顺化的个性，把雨季漫长的顺化刻画得活灵活现，意境美不胜收。歌曲旋律缓慢而忧伤，萦绕多年的印象宛如低回万遍的遗憾，在午后宁静细雨的顺化城内，绕古城墙踏雨悠悠，凭吊往昔美好，故人故国，一切繁华与沧桑，尽落香河。

我有幸于前年顺化郑公山纪念音乐会中，伫立城墙外的草地上，和千百名群众一道，欣赏由越南各地优秀音乐家演绎的郑公山作品。当日，即使只是彩排，附近马路上不论男女老幼，驾驶私家车、电单车抑或三轮车，纷纷停泊路边树下，陶醉于郑公山的民歌中，仿佛穿越了时空，俯拾遗落在各自人生路上的心灵。

Lost in Translation

到外地旅游，逛书店是我的重头节目。无论看得懂看不懂，把书拿在手上翻弄，足以使人愉悦。感受纸张质感与书本设计，也不失为一种亲近当地文化的方式。

尽管去过越南顺化不下十次，每次我仍会造访当地大大小小的书店。相比起华语书店，走入主要售卖陌生语言书籍的书店，固然无法领略书中内容，却给我一种另类乐趣：我会在一大堆看不懂的越语书籍中，寻找绝无仅有的英文书，像一场寻宝游戏，每看见一本，都恰似命运的邂逅，一场书店中的 Lost in Translation；又如同在一家异地咖啡店中，辨识出邻桌有人在说自己熟悉的语言，感觉分外亲切。

这些极少数的英文书，主要是由西方旅者撰写的当地游记或摄影集，也不乏与当地有关的西方文学作品。更有一些声名远播的当地作家作品，被翻译成英文。阮日映（Nguyễn Nhật Ánh）就是这类享负盛名的越南作家之一，只要走进顺化任何一家书店，都不难发现他的小说，稍有规模的，其作品甚至布满几个书架。阮日映擅长描写纯朴农村生活，书籍在越南各地大受欢迎，乃至在台湾，也抚慰了不少越南外劳的心灵。近年，他的作品开始被翻译成英、日文等语言，两本已被英译的小说中，长篇小说《绿地黄花》几年前改编成电影，对农村少年生活与情感的真挚描写，纯粹而感人。另一本中篇小说《给我一张返回童年的车票》，不久前读完，描写成长过程中的爱与痛，叙事流畅动人之余，亦夹杂不少发人深省的思考，关于成长使人失去的种种。阅读这本小书给我带来前所未有的震撼，时而掩卷，泪流满面。

使不同年龄、不同国籍、不同成长背景的人都能从书中找到自己，大概就是令人敬重的国际性作家的本事吧。毕竟，人性，不用翻译。

尽情地"懒"

日以继夜地工作了近一个月，莫说休息一天，连每天翻几页书，睡足八小时，都不敢奢想。生活规律跟头发、思绪一起乱作一团。连日来，翻过的书就只有越南建筑师武重义的《无限接近自然》。零零星星地阅读，如书签般夹在由不同死线组成、同时又如爵士乐般随性即兴的日子之间，虽难言醍醐灌顶，至少从中学会了如何专注地，喘一口气。

从自身简朴童年出发，武重义的建筑返璞归真，以竹造建筑闻名于世。自日本学成回越南发展以来，贴合在地需求，武重义使仍为发展中国家的越南国内，穷苦大众们都能居有其所。现代生活以数百年时间将人类社会翻天覆地，方方正正的水泥建筑分隔了现在与过去，限制了我们对过去的想象。但武重义以其建筑理念告诉我们，人类和过去似远亦近，栖身于自然，在今时今日的现代社会中，并非不可能。

现于缅甸潜心修行的武重义，生活中最令人啧啧称奇的，大概是他的工作时间。当一般人以朝九晚五的时间表"保证"工作质量的同时，这名建筑师一天只工作五至十分钟，其余时间大部分用来禅修，净化身心，让思绪也"回到自然"。

窃以为，禅修，某程度上接近于发呆，什么都不想，专注地放空自我。俗话说，休息，是为了走更远的路；而禅修，大概也是为了把工作做得更好。

不期然想起杨泽老师令我印象深刻的一席话：当诗人，一定要懒。依我理解，他说的懒，不是懒于写诗，而是放下俗事，把身心，留给感知，腾出空间酝酿灵感。

写诗是一件事，走路也是一件事，呼吸亦然。

当然，世人眼中，发呆、不工作就是懒（甚至写诗，也被认为是懒的表现）。但也只有创作，或为了更好地工作的禅修，令人可以"懒"得有理有据。

一座城市的底蕴

　　游越南山城大叻，行至末代皇帝保大的避暑别墅，满园春色，凉风飒爽怡人。同行的 Q 感叹，大叻比她的故乡顺化美太多了。我说，虽然大叻有清爽的风、夺目的花、香甜的果，但顺化也有它的美、它的好。这段话，不是为了安慰 Q。大叻如花，顺化如树，花固然招人喜爱，但树是更庄严崇高的存在。如果不是倾慕末代皇城的破旧城墙，当初我也不会到顺化一游，更不会与你相遇了。

　　有故事者，自信从不源于美貌。顺化没有太多美景，却孕育出国父胡志明、音乐家郑公山、佛教禅宗一行禅师等显赫人物。浪漫的香河，将整座城市划分为旧城与新城，古皇城、佛塔和传统市场主要坐落于旧城区，而现代化的购物中心、步行街和酒吧则占据了新城区。纵向的历史进程，巧妙地融合体现在横向的地理分布中。1968 年著名的"春节攻势"，越共南下，偷袭顺化，南北两军于此中部古都的街巷上爆发枪战，几乎将顺化洗劫一空。自从保大让出皇位，加上越战的洗礼，故都顺化蒙上了一层忧郁的面纱，土地上仍滚烫着伤痛的余温。

　　顺化的美低调含蓄，从不铺张。背负着历史的光环又好、伤痕也罢，经年累月，始终塑造着城市的底蕴。如擎天的大树，需历经数百年的苦心经营，并非一时三刻可栽培堆砌而成。

　　山城大叻得天独厚，气候宜人，承载花香与和煦日光的微风轻吻，博得垂青自是轻而易举，百年来深得法国殖民者与越南皇族的宠爱。好比世间天才，璀璨耀目者众，然而只有时间能证明，那不只是瞬灭于凡尘的烟火，而是虽不怎么耀眼却长明于天际的点点繁星。顺化算不上天赋过人，但努力过、成功过、失败过，并重新站起来，背负着光荣与屈辱。它的美丽，是沿途的风霜雨露，一笔一笔，如年轮般，尽写在随岁月而壮大屹立的树干上。

末代皇城的战争与和平

顺化皇城与城墙之间，有一片让人车行驶的区域，日间游客们络绎不绝地购票进城参观，入夜后皇城关闭，当地居民就会在皇城外的空地、草坪上散步聊天。

某天晚饭后，我和Q穿过城墙，走到皇城正门外的草坪上散步。晚风飒爽，突然，城墙外旗塔上传来一声巨响，挟带阵阵炽热的空气，一刹那，照亮了夜空。我们一时受惊，抬头，原来是摆放在国旗附近的炮台上，喷出了如狮子猛兽般的一大团火焰，为即将到来的农历新年助兴。

我赫然记起，这终究是一个蒙蔽在战争硝烟下的城市，承受过枪林弹雨的切肤之痛。而且这些创伤，不过发生在五十年前。1968年的顺化巷战，就在这座城墙附近的横街窄巷间上演。在香河两岸的夜空中爆响的，不是今日所见的烟火，而是南北两军，还有美国人手中的各式枪火。今天我们在皇城内外的城墙上，仍可发现历史的痕迹，一道道炸开的砖墙和破洞，将历史和现实并置在眼前。这座城市五十年前的哀号，犹在耳际，使人凭吊的同时，亦教人心寒。

如今的皇城外一片欢腾，年轻人在香河两岸约会，一年一度的顺化节于春夏之交揭幕，歌舞升平，荷花盛开，甚至有热气球在城门外徐徐高飞。平日午后，小孩在草坪上踢球，中学生上体育课、踢毽，亲子们则放起了花款各异的风筝。他们是这座城市的将来，没有来自战争的直接记忆。

某个黄昏，我凝望着那些奋力爬上城墙的小孩，他们在城墙上骑单车，跑跑跳跳，互相追逐，欣赏夕阳。遥想起那些在山区高地被美军撒落的橙剂污染的土地，以及无数受影响而成为畸胎挣扎长大的孩子们，城墙上这些活泼的小孩是幸运的，有一个美好的童年，也有相对光明的未来。

　　每座城市都有属于它的年轻一代，这座末代皇城的新芽，也逐渐在古城墙的焦土中萌发。

疫情下的异地恋

无了期的疫情，为不少人的爱情长跑设置了一场突如其来的考验。

由于疫情反复，下次与 Q 相见看似遥遥无期。自从三年前展开了这场异地恋，对我来说，时间的形状从一条直线，变成了一个圆。难得的相聚，发生在圆周上的一点，分离时，就像用圆规在心中一戳，以圆心到相聚点为半径，画一个圆。每次离开顺化，在各种交通工具上和她道别，代表短暂凝结的时间又开始运作，在圆周上缓步而行，既逐渐远离，又逐渐向下次的相聚靠近。

回家的过程往往是最难熬的。望着迅速后退的顺化建筑物，夕阳一直悬在低矮的楼房后方，数分钟前的相聚场景，竟变得无比遥远。最初，我会选择花三小时搭火车到岘港，然后坐飞机回香港，再搭机场快线和地铁到上环，最后坐船回澳门。但这样的一天使人心力交瘁，令人窒息的哀伤缓慢得似乎没有尽头。后来，为了尽量缩短这趟煎熬的归程，我开始改搭大巴、小巴，以至近期的计程车。抵达岘港机场后，直接坐飞机回澳。

有一次，和当地人一起，像罐头沙丁鱼一样挤进一辆小巴，从顺化一路颠簸摇到岘港。不知因为人多挤逼空气局促，抑或是离愁别绪如身陷沼泽逐渐下沉，窒息的感觉异常强烈。我把 Q 妈妈塞给我的一大串葡萄抱在怀中，将车窗推开几英寸，一颗接一颗地把葡萄放进嘴里，斗大的泪珠同时滑下。

　　机场安检时，我把口袋中一包似乎在机上无用的纸巾放进背包，登机后连同其他行李一起放上行李架。在机上坐好后，Q 突然打来视讯电话，已然和我身处不同城市的她望着我，泪水直下。几乎无言地关掉视讯后，本来在身旁闹腾的陌生小孩已静默下来，而视线模糊的我，狼狈地用衣服袖口拭泪。

　　虽然已开始习惯这样的离别，但相比起以往的心中有数，今次疫情猝不及防。我们都不知道，这个圆，要画多大。

一件大玩具

在越南长大的华人潘宙，著有散文集《四十年来家国》，当中提到上世纪六十年代，他们家的一只大衣柜，以及柜顶堆放的杂物。这堆杂物包含了作者小时候的一副电动赛车，他忆述，这副赛车，玩的时候要先花时间装嵌"8"字形的赛车跑道，装嵌完已兴致尽失。

没想到我的儿时经历，竟被一段五十年前的越南记忆唤醒。千禧年前后，四驱车风潮席卷澳门，我也买了一堆需简单装嵌的四驱车，还有像电池、摩打、滑轮等强力改装零件。虽然有了这些能透过高速撞车而自毁的热血玩具，最令我心痒的仍是每天放学回家途中，经过玩具店时，挂在店外、悬于半空的巨大赛车跑道。它每天在我头上随风缓缓摆动，似乎在引诱我，在我耳边说悄悄话，迷惑我把它带回家。

经我多番请求，我爸终于受不了，把一整套五百多元的跑道买下来。当时家住贾伯乐，在一幢狭小的唐楼里，我满足地捧着它爬上五楼。我们的房子很小，我也从未深思熟虑，打量过客厅能否放得下装好的跑道。幸好，花了一两小时的装嵌，一截跑道穿过饭桌底，总算勉强容得下。我和表哥把各自的四驱车放在两线跑道上的同一起跑线，他擅长转弯的爱车，不消几秒就转完一圈回来；而过于追求速度的我，爱车遇上第一个拐弯处，就如炮弹飞车，径直冲出跑道。

和数十年前远在越南堤岸的潘宙相似，印象中，这副我渴求了数月的跑道，我大概只愿花功夫砌了一两次，甚至不肯定我的高速四驱曾否完整跑过一圈，就束之高阁。下次再碰，已是清理家居垃圾的时候了。

　　童年已逝，若干年后的今天，从书中出神，我竟又回想起这条塑胶跑道。即使当时我的四驱车能放慢速度，顺利跑完一圈，"观赏"两架连影子都难以追上、只花两三秒就跑完一圈的玩具车相互竞逐，现在一想，真是一件极其无聊的事啊！

相约下届世界杯

欧洲国家杯在疫情中展开，球迷们纷纷熬夜看球赛。而在地球的另一边，越南也历史性地首次打进世界杯外围赛亚洲区的最后十二强，在韩籍领队带领下，这是越南史上最接近世界杯的一次。

在越南停留，总能感受到当地的足球气氛。每逢遇上世界杯或欧洲杯等大赛，街头巷尾的酒吧食店，食客（或观众）满盈，如店内没有电视，大赛前老板或借或买，也会弄来一台电视，随便搁在桌上，一群球迷自然会聚集起来，像扑向亮光的飞蛾。看一场球赛，数十分钟，佐以一碗牛肉粉，或越式法棍，一杯冰冻的越南咖啡，可谓炎炎夏夜的一席极致享受。即便老板不是球迷，见此景象，数着钞票，也肯定笑逐颜开。有足球赛的日子，一台电视，是生意兴隆的保证。

神奇的是，每次去越南，几乎总有那么一两天，遇上球迷为球赛彻夜狂欢的日子。国际大赛本不多，但越南人看的球赛，除大赛外，还有各年龄段国家代表队的比赛，包括U19、U23青年队等。适逢近年越南各年龄段代表队屡创佳绩，球迷们群聚于各式商店和餐饮店观赛后，常常会有大批热血青年，骑上电单车，头扎红丝带，挥舞国旗，在街上狂欢，锣鼓喧天。这样的气氛，也感染了很多平日不看球的人。我和Q曾在一场越南国家队的比赛期间，走进大叻夜市，当听见欢声雷动，摊贩们抓起手边所有能敲响的金属器物，拼命敲打，我们就知道，越南队进球了。他们支持的，不是国家队，而是国家，是民族。要了解这个国家的凝聚力，只需在越南队的重要比赛日，到街上走走。

2018 年的世界杯，和 Q 走在顺化的步行街上，四周的酒吧气氛炽烈。我们相约下一届世界杯，要在越南一起看。但愿到时疫情已过，让我们回到这条人声鼎沸的"足球街"，甚至看到越南的球员，驰骋在这个世上最大的足球舞台上。

越式料理

随着来澳门工作的越南人愈来愈多,澳门的越南餐厅也越开越多,除了可为远在他乡的越南人一解乡愁外,也让澳门人一尝异国佳肴。

最为人熟知的越式料理,非越南牛肉河莫属。自小不喜欢越南菜,对越式河粉这种轻薄口感的粉条并无好感,不及吃惯的枧水面来得实在。数年前第一次去越南,在顺化吃了当地驰名的顺化牛肉檬。一碗酸汤檬粉,附上一碟薄荷叶、豆芽、柠檬等佐料,也许是店选错了,吃完后,感觉不过如此。当时听说法棍好吃,就去会安尝了一档大排长龙的法棍,用料实在,不错。而我的最爱,则是金黄香脆,夹杂了虾、猪肉、豆芽、生菜等内馅,蘸花生酱食用的越南煎饼。

数年后的今日,我对越南料理仍称不上十分喜爱。虽然吃腻了越南粉,但为了能到店里坐一回,听越南歌,也听越南人说话,我每周都会吃几顿越南菜。我尝试了一些以前不常吃或未吃过的越南菜,开始喜欢淋上鱼露的香茅猪扒饭、有点像广式肠粉的越式卷筒粉,还有在澳门也受欢迎的越式虾春卷。可惜在澳门,我仍未找到地道的、用硬米纸制作的春卷。

疫情袭来,旅行不再理所当然,不能随时远赴自己向往的地方。但想象可以,想象力任我们驰骋于过去与未来,我们靠想象脱离当下,同时享受当下。对我来说,越式料理,就像一扇想象的随意门,瞬间打破时空限制。

差点忘了滴滴咖啡。这杯需要"等待"的易上瘾饮料，街头气息浓厚，香浓好喝，但我怕失眠，倒是少喝。而我最怀念的，是在越南著名的 Cong Caphe，喝一杯椰子可可沙冰。每回在岘港等待飞回澳门的航班，我都会在 Cong Caphe 消磨数小时，写点小诗、读书、看电影。越南天气炎热，椰子可可沙冰正是那一片离愁别绪中，我的最佳伙伴。

跟一行禅师学写作

微凉的雨天早上，Q传来讯息，九十五岁高龄的一行禅师在顺化圆寂了。大师多年来流亡海外，提倡正念（mindfulness），积极地为越南乃至世界和平而奔波。近年，在越共政府的批准下，终能落地归根，回到其出生地越南顺化，在少年时接受剃度的慈孝寺安享晚年，也算是善终。

一行禅师主张入世，凡事亲力亲为，在越南的天灾和战祸中拯救了不少生命。他强调内在精神的重要性，却不忘观察外在事物的细微律动。在收录其六十年代日记的《芬芳贝叶》一书中，禅师描述自己暂住于西贡万行大学时的见闻。万行大学设施简陋，办公室和教室由城内的寺院借出，且位于水灾频发的地区。禅师像所有在此居住的人一样，起得很早。黎明时打开面向巷子的窗户，就能看见校门前各式各样的摊贩。其中最令禅师印象深刻的，是一位卖金边粉的阿姨："阿姨先在碗里放生菜、芽菜及金边粉，然后舀肉汤。她用左手掀开热腾腾的锅盖，右手提着大汤勺。即使是最小碗的金边粉，她也会舀两次，第一勺是清汤，第二勺总有一两片肉。"阿姨小心翼翼地分配食材，使禅师联想到他在寺院为一百名僧人煮汤的情形："有一次，蔬菜不够，但有一些蘑菇，我用它们煮汤，再加两只小番茄。结果汤多料少，番茄融在汤里，每碗只有一片菜叶，蘑菇更是少见。但僧人们说，这汤很美味，我猜是蘑菇给了这汤顺化闻名的味道。"

透过其专注的感受和细致的描写，一行禅师用文字提炼出金边粉阿姨辛勤劳动的日常美，以及一碗素菜汤朴实无华的滋味。从阿姨贩卖的金边粉，联想到自身经历，借景抒情，再把一锅平平无奇的素菜汤的"不足"，转化并升华至顺化低调简朴的美，less is more，那就是一行禅师常自称 simple monk 的含义吧。

怪叔叔

疫情期间，几次透过视讯，和 Q 的越南小外甥打招呼，害羞的他一看见我总是跑开。两年过去，从婴儿看着他长成顽皮的小孩，却一直没有机会和他玩，展现我的亲和力。

最近，终于能在现实生活中和三岁的小外甥见面。除了送玩具车给他那次外，一如既往，他一碰着我就躲，自动进入"捉迷藏"模式；当我不大搭理他时，他会探头而出，跟我说"Xin Chao"（哈啰）；当我难得能抱住他时，他又笑容尽失，脸色发青，努力挣脱。第一次在现实中见面后，我不在时，他常问："叔叔在哪里？"

这位小外甥让我忆起我的童年，大人世界中鬼魅神秘的存在总是徘徊不散。很多个下午，爸爸都会带我同他的好友们饮咖啡，当中不乏一些状甚友好、行为却甚为怪异的"怪叔叔"，例如总喜欢用脚趾在台底夹我小腿的长腿瘦叔叔；或永远独坐一桌，抽着闷烟，同时微笑着向我招手、教我抽烟的白头矮叔叔。

似乎每个小孩的童年至少都会有一位来历不明的"怪叔叔"，也许因为语言不通、肤色不同、相貌异常或行为怪异，总之"怪叔叔"与我们之间的差异，使我们觉得神秘莫测、陌生，继而恐惧。他们就像大卫连治电影《失忆大道》中，躲在后巷的怪客，是小孩童年中的巨大阴影。年幼的我们，怀着八分恐惧、两分好奇，总想踏足荒野中的古堡，一探怪物的究竟。

结果，经过一个下午，语言不通的我，靠着两架玩具车，以及指指点点的身体语言，终于和小外甥成了"击掌之交"。作为"怪叔叔"，我的神秘感也逐渐消散。多年后，也许他不会记得这个来自异国的"怪叔叔"，是如何突然走进他的人生。但就在那个下午后，他对父母说："现在除了 Q 阿姨之外，还有叔叔和我一起玩了。"

电单车浮世绘

越南是电单车大国，还记得五年前初抵中越，第一印象正是在会安遇上的电单车海，使载送我们到酒店的车辆寸步难行。任何人只要走在路上，或在电单车海之间穿插步行，基本上已表明自己游客的身份。

不论是北部的河内，南部的胡志明市，还是中部的岘港顺化会安，人行道的建设对行人并不友善，狭窄之余，也堆满了电单车和各式摊贩。加上天气炎热，不同店铺与建筑物之间的距离遥远，种种条件限制，令人们不愿走路。而有财力购买汽车的越南人不多，巴士和地铁等公共交通工具仍未发展起来，没有电单车，在越南生活非常不便。因此一辆电单车，几乎是每个越南人的基本配备。

既然买不了汽车，很多越南人都会把电单车当汽车用，汽车能载的物品和人，电单车同样能载，雪柜、梳妆台、全身镜、三十只鸭、四十袋金鱼、五十张折凳、三百个胶樽……只要放上一辆电单车后，电单车能启动，统统难不倒越南人。整个家庭扶老携幼坐在一辆电单车上，也是十分常见的事。家长们甚至会买一张小凳子，固定在电单车上让幼童坐稳坐好。走在越南街头，常常会发现一些被"遗弃"的随身物品，像拖鞋和帽子等难以牢牢扣在身上的物品，容易被一阵风吹走，或在一辆电单车上的拥挤与混乱中丢失。这些孤苦伶仃的失物，大多都难以和物主相认，成为一个家庭在特定的马路上奔驰而过的短暂痕迹。

当我们提到衣、食、住、行时，电单车几乎和越南人的"行"画上等号。越南人骑电单车的景象，是一幅绚丽的浮世绘，电单车上有情侣们的青春，有温暖的家庭乐，也有每天运载各式物品谋生的人的汗水。一辆电单车，承载了无数欢乐与辛酸，见证了一个家几代人的历史，体现了越南人的坚毅与智慧。

五味杂陈顺化菜

在顺化吃地道越南菜，无论是在餐馆品尝招牌料理如米纸春卷、越南煎饼等，还是吃一般住家菜，总少不免蘸油佐酱，一小碟一小碟的鱼露、虾酱、花生酱等，随着不同菜式上桌。菜式与酱料的搭配花样众多，也异常讲究。

相比起北部的河内和南部的胡志明市，顺化人更显得无酱不欢、无辣不吃。顺化人习惯了五味杂陈的滋味，一道料理，配上酱料，有咸、有辣、有酸、有甜，才能刺激味蕾。因此，一碗层次丰富的顺化牛肉粉，自然成了顺化人的国民级日常美食。

顺化牛肉粉外表低调，平平无奇，却是顺化人生活的重要成分。也许越式法包适合放在早餐和下午茶，饭菜适用于午餐和晚餐，但没有什么地道菜像顺化牛肉粉，早、午、晚三餐，以至下午茶和宵夜，只要肚子饿了，都能吃。走在顺化的街头巷尾，挨家挨户随处可见有人在吃顺化牛肉粉。

Q 的表嫂的妈妈，在顺化经营了一家食店，其顺化牛肉粉驰名整个顺化，很多游客慕名前来，我也有幸和 Q 一起品尝。他们的牛肉粉，表面看来并不如澳门越南餐厅的顺化牛肉粉般精致干净，但论味觉的享受，却有过之而无不及。顺化牛肉粉的精髓既不在面条，不在牛肉、牛筋、牛腩、猪手、猪红等主菜，也不在九层塔、薄荷叶、豆芽和洋葱等配菜，而在于汤底，在于那需要两天时间，以牛骨、猪骨、虾酱、香茅、辣椒、甘草和各式蔬菜熬制而成的汤底。将以上所有全放进一个大碗，加上柠檬的酸，一碗牛肉粉，包含了甜、酸、辣、咸等丰富层次，清爽可口，满足了顺化人挑剔的味蕾。更重要的是，这汤底还有益健康，自然深入民心。

那家著名的牛肉粉店，只卖顺化牛肉粉、大菜糕和蔗汁。我和 Q 在炎热的夏夜，吃着微辣的顺化牛肉粉，配上清凉的大菜糕，不禁感叹："真是生活中的小确幸啊！"

时代的见证者

某趟越南之旅的最后一夜，我入住了历史悠久、建于1880年的西贡欧陆饭店。经历过法国殖民时期、阮朝覆灭、越南战争、全国统一等重要事件，这家饭店可谓见证着近代越南的盛衰。而这家出现在无数老照片、明信片、小说甚至电影中的饭店，曾是很多摄影师、驻越摄影记者的落脚地。记者们总在饭店大堂外的露天茶座流连，嘴里叼着一根又一根万宝路，烟雾弥漫如在茶座上筑起战场。记者线人们交头接耳，互换密报，确实犹如打仗，刻不容缓。

而吸引我的，当然不止那些摄影记者的生活轨迹。上世纪五十年代，西贡欧陆饭店更曾是英国著名作家格雷安·葛林（Graham Greene）的长期下榻地，他也正是在饭店的214号房，埋头书写他的著作、以西贡为背景的《沉静的美国人》。214号房是走道上的最后一间房，一如想象，作家选择把自己边缘化，以觅得珍贵的创作空间。在饭店内昏暗蜿蜒的绵长走道上寻找自己的房间，就像穿越时空隧道，渐渐地划破老旧时光的蛛网，依稀想象战火与硝烟在饭店外蔓延，而作家正敲着笔杆，推敲小说中的重要情节和角色间错综复杂的情感纠葛。

翻开法国摄影师雷蒙·德帕尔东（Raymond Depardon）的摄影集《再见，西贡》，其中一张照片，正是法国人在西贡欧陆饭店逗留期间，在房间拍摄的作品。从照片所见，上世纪六七十年代的饭店房间，和我预订的房间大同小异，摆设与日用品的风格一直沿用至今。年代久远的木制床头柜上，老式的灯掣依旧正常运作，只可惜收音机已退役。饭店经历过经营权的易手，经历过政权易主，至今仍屹立不倒，而且尊重建立了过百年的历史文化。以至今日，当我踏进这家饭店，仍可轻易在服务员的脸上，在饭店的摆设、灯光、房间等等的细节上，读出一家饭店优雅的尊严与底蕴。

马路上的数学家

电影《断了气》的开头，主角 Michel 开着他的名车在公路上飞驰，并自鸣得意："我从不刹车，我的车是用来跑的，不是用来停的。"亡命之徒的自言自语，却道出了无数怀着不羁灵魂的飙车一族的心声。

二十一世纪的澳门，人车俱多，马路甚为狭小，开车不刹车，是痴人说梦，别说享受飙车的快感，塞车不严重已算万幸，不顺畅的开车体验令不少驾驶者躁郁不已。Michel 的开车哲学，在现今的澳门，显然不适用，却让我联想到越南人的交通哲学。

在河内和胡志明等大城市，电单车海举世闻名。繁忙时段，马路上总挤满了如蝼蚁一般缓慢行进的电单车。不像在台北或澳门这种同样电单车泛滥的城市，越南的电单车很少停下来，让路于行人或其他车辆。越南的每一位驾驶者，都是能精准计算预测周遭每一辆汽车和电单车，以至行人动向的数学家。除了遇上交通灯或抵达目的地，他们几乎从不把双脚踩在路面，而是靠预判所有其他道路使用者的动线，做出加速、减速或转向等决定。遇上不如预期的情况，便大力按下喇叭，引起注意，从而改变对方的决定。不知是否受驾驶者的影响，把一副血肉之躯抛出被电单车大军淹没的马路上的行人，也不畏艰险，不顾交通灯与斑马线，在与车辆抢道时，也不会轻易停下，而是选择信任驾驶者们的专业判断。

这种互相信任看似冒险，交通意外却不多见。虽然无法回到如电影中上世纪五六十年代般路路畅通，但在人口密集的越南，随处可见三四人共骑一辆电单车的拥挤马路上，依然偶尔能享受风驰电掣的快意，已算是奇迹。

电影中的 Michel 当年假如没断气，现在说不定也十分向往越南的老年驾驶生活。

越共咖啡

　　在顺化打算买一份礼物，送给澳门的朋友，却不知从何入手。毕竟虽为历史名城，顺化依然未出现大量有资产有余闲的阶级，缺乏文青知青市场，手信和出现在其他越南城市的无甚差异，都是千篇一律、呈现传统印象的纪念品。文青朋友曾到访越南，想必对这些纪念品没多大兴趣。

　　于是我突然想起自己经常流连的"越共咖啡"（Cong Caphe）。除了有风味绝佳的咖啡和茶外，越共咖啡也贩售少量含越南传统，尤其是越南劳动阶级的特色纪念品。这家在顺化我唯一知道的文青咖啡店，在越南各地，甚至韩国和马来西亚等地，皆有分店。每家店的装潢与摆设均甚具特色，以半世纪前的老越南为主题，展现共产党军民的生活用品。以顺化店为例，店内外的不同角落都堆满了发黄的旧书，部分桌子以缝纫桌改造而成，店内各处也砌满缝纫机的零件，桌上的吊灯覆以色彩鲜艳的刺绣灯罩。一楼到二楼的水泥高墙上，铺满了色彩缤纷的线圈，展示柜中摆放着传统舞狮的狮头。钨丝灯泡以至灯掣，都尽量仿古。所有这些精心设计，吸引了当地的文青，以及慕名而来的外地游客，成为打卡热点。可以说，越共咖啡已成为越南为数不多、办得有声有色的本地文青品牌。

　　劳动、无产阶级的传统生活与美德，被资本主义以复古怀旧风格重新包装，成为一段用以感受、消费的历史，是越南、中国等社会主义国家近年的趋势。只要有想法，有市场，一切皆为商品。沉重的历史和战争背后的国仇家恨，在资本面前，也逐渐褪色消解，成为一种地方特色，本地与外来者交流的媒介。

我在越共咖啡店度过了不少悠闲的下午，看过一些电影，写过专栏文章。而那一天，我再一次满载而归，买了一个有质感、仿制自战争时期越共的军绿色保温瓶。

越南理发记

最近特意把头发留得贼长，待工作完成，回顺化一尝越式理发的滋味。

在 Q 的精心挑选下，我们走进一家面向皇城的小小理发店。鲜见的橘色调涂鸦风，和店内电风扇的招牌越南橘扇叶异常搭配。一只偌大的假蜘蛛挂在由麻绳织就的蛛网上，吊在半空中。不同客户的理发造型被镶在相框内挂满墙壁，显得精致。和多数同区的理发店一样，这家店没有门，室内外几乎融为一体。虽然没有冷气，但正值春天，阵阵凉风渗入，甚为凉爽。理发过程中，室外人声车声鼎沸，摩托车驶过，突突突的引擎声此起彼落。店内播放着越南抒情流行曲，而身后的顾客或有闲的员工，正用手机观看本土综艺节目，抒情的氛围夹杂阵阵滑稽的喜感，加上对街城墙破落深沉的历史感，以及街上路人们的市井江湖、生活气息，环回立体，建构出独特的后现代拼贴蒙太奇。

理发师在我头上完成他的作品后，另一名员工领我到阁楼，Q 解释说他们要帮我做一些"处理"。我垂首一看，阁楼上摆满了躺椅和洗发盆，心想什么"处理"嘛，不就是洗个头？果不其然，员工开始为我洗头，然而，花洒头喷出来的水冰冷无比。我连忙翻开我仅有的破烂越南语词库，"冷！冷！"地喊着，但字音似乎被冷冽的瀑布吞噬了，得不到半点回应。想来他们店可能没有热水，算了，洗个头才半刻工夫，于是放弃挣扎。

　　洗完头，准备起身之际，员工突然往我脸上抹上洁面护肤产品，接着手势纯熟地在我脸上舞动指头，轻轻地给我按摩，从脸上一直按到脖子上。仔细洗干净后，终于回到他们的"本业"，由另一位员工吹头，抹发泥造型。

　　整个服务周到的理发套装，盛惠十五万越南盾，也就五十块澳门币，跟澳门最便宜的快剪店不相伯仲。对于在某些澳门快剪店不敢有过多要求的我而言，来这儿理发舒爽多了，不枉我远道而至。

信仰的力量

坐落于顺化香河北岸的古庙天姥寺，朴素古雅的外表底下，埋藏着越南佛教和民族历史的深厚底蕴。除了是数百年来历久不衰的文学灵感之源外，也是沉默的历史见证者。

面积不大的寺庙内，停泊着一辆早已停产的浅蓝色奥斯汀汽车，那是 1963 年 6 月著名僧侣释广德在西贡市十字路口自焚、以争取宗教平等时，开往现场的汽车。这辆车，也出现在由美联社记者 Malcolm Browne 记录释广德自焚的经典照片中。

在饱受迫害的年代，释广德为了向当时严重偏袒天主教的吴廷琰政府做出抗议，不惜殉道，舍身成仁。面对如此令人不安、悲伤的画面，不少民众在现场低声哭泣，而被浇上汽油焚烧着肉身的释广德，却以盘坐禅修之姿，一边转动佛珠，一边平静地念着"南无阿弥陀佛"，直至身体化为黑烟，残肢倒下。人们不禁想象，是何等强大的意志力与信仰的力量，能让他在极度痛苦（虽然感受痛觉的神经在极高温的燃烧中很快坏死）的煎熬下，仍没有表现出丝毫想要挣扎的迹象？在最后一程前往十字路口的奥斯汀汽车上，他又怀着怎样的心情，迎接终极的考验？我想起将要被钉上十字架流干鲜血的耶稣。不论是佛教还是基督教，虽然代表了不同的宗教信仰，都不应绕开人性最后的挣扎。因为不回避人性，才能与人世相关，展现出信仰的强大，逐渐内化为普通人的精神力量。

释广德的牺牲影响深远，间接导致吴廷琰的政权崩解，也提振了佛教在越南的影响力。六十年过去，每年佛诞，佛教旗帜遍插全国各地，骄傲地随风飘扬。释广德和另一位国际知名僧侣释一行，一位用激进的行动抗争，展现出惊人的意志力；另一位则在世界各地弘扬和平精神与正念的力量。殊途同归，两者皆潜移默化地给越南人注入一种强大的精神力量——坚忍，朴实，随时准备牺牲奉献。

故事

美学距离

某个漫长的夏天，由于拍摄工作所需，我几乎每天清晨六点出门工作。天色微亮的早晨，清凉的微风穿过长街小巷，每日我都会沿着相同路线，从渡船街经柯利维喇街的斜路，直上连胜街，再沿连胜街走到白鸽巢、花王堂。途经一处十字路口，从一间深锁于铁闸内的小店，传出一首淡雅的粤曲，回荡于空气中，和隔壁茶餐厅氤氲的咖啡香，在斜阳的暖意下，缠绕成另类的中西交融，成为这段仅仅十分钟的简单旅程上独有的风景。

我称之为"旅程"，因为透过一而再、再而三的重复，我并不如预期般对这段路程感到麻木，而是尝试换上旅者的目光，把它视为一段全然陌生的过程。由此，我开始摆脱二十多年来对喧嚣小城的厌倦，重新认识和欣赏这座城市。

尤其在星期天的清晨，漫步于白鸽巢公园对面的花王堂前地，在无人无车的石板路上，小小的水池显得安静恬雅，这不就是费里尼的《甜美生活》中蔓延着马斯楚安尼的情欲、那个深夜罗马无人的水池吗？明明马上要进入工作状态，我的心境却甚为舒坦，自以为是晨游异地的旅者，自以为身处于大半世纪前的罗马。

原来这就是我一直想逃离的纸醉金迷之地，它的一面是简朴的小城，另一面是欲望的场所，而我在这段"旅程"中，仿佛坠入了它鲜为人知的第三个维度：想象的维度。

随着台湾朋友来澳短住，我似乎开始明白该如何和这座城市和睦共处。她会到红街市买菜做饭，会去新马路健身，也常去超级市场买生果，过着比我更"道地"的生活。和她一起踏过假日僻静的西湾湖畔，在驻澳葡萄牙领事官邸看了一个关于澳门的画展，在美心亨利的餐桌上度过宁静午后，时光于窗外漫过，三轮车偷渡了我的童年，我借来旅者的心灵，从她身上学到一种在小城生活的方式。

我们总会不自觉地以惯常的角度阅读自己的城市，但城市是立体的，只要随便换一个角度阅读，就会产生美学距离，如雾里看花，总能看出它的神秘多变，发现它的耐人寻味。

装睡的人

　　曾有人说我不声不响，不急不躁，看起来挺有耐性。其实我天性并非如此，内心急躁，说话多有冒犯，也时有冲动之举。耐性多半是后天磨炼出来的，似乎也和我小时候爱装睡，脱不了关系。

　　自小好动的我，午后时光，真正适合舒筋活络，打球玩乐，对那些充斥于家庭和学校的午睡传统，总不以为然，不明白为何人类需要午睡。孩童时期，在亲戚家中，和阿姨们一起午睡，人多挤迫，天气闷热，无法入睡。但既然午睡是大人们定下的规矩，我只好渐渐闭起双眼，一动不动，数分钟过后，偶尔摆摆腿，挪动身体，装出一副熟睡的模样。一两小时后，再大模大样地"起床"，就算是完成任务了。回想起来，那是我人生中最早的一场表演，演一个睡觉的人。从观察"沉睡"这个状态开始，仔细模仿。美中不足的是，当年我还没了解到，呼吸在表演中的重要性。

　　犹记得幼稚园也有午睡时间，午睡后要集体去唱游教室上唱游班。唯一能"翘班"的情况是午觉睡过头。也许由于老师不忍心，当教室灯光打开，同学们悉数起床，收好枕头后，仍俯在桌上呼呼大睡的寥寥数人，一般都能得到"特赦"，继续他们的春秋大梦，睡到自然醒。不太喜欢团体活动，且厌倦了唱游课的我，就在午睡时发挥我的表演专长，紧闭双眼，用耳朵细听教室内的动静。大伙儿拖着夹杂起床气的步伐收拾寝具后，在老师的安排下，一个个排队步出教室，教室又恢复漆黑与宁静。至此，我才施施然"起床"，伸个懒腰，和几位也许真的睡过头的同学们，共享一节自由的玩乐时光。

装睡的人，如当年的我，不知不觉间，似乎领悟了按兵不动的道理。忍耐，静观其变，再伺机而动，深信在躁动的"流行"过后，或能赢取一片自由的净土。

烈日下的街头情怀

书展期间，翻开一本关于老澳门的摄影集，一张照片令我眼前一亮。照片上几名小学生，围住街边一张长椅，其中两人分站长椅两头，一只酒瓶躺于长椅正中央，成了分割领土的楚河汉界。两人手握乒乓球拍，在烈日下，忘情地一决高下。

照片成像的数十年后，寸金尺土的澳门街，占地相对较小的乒乓球，也渐渐觅得充足的场地。球手们不分老少，纷纷在各区活动中心和体育馆开拓战场。我不禁好奇，当年照片中的小学生，相隔数十年，是否仍在某舒适的体育馆内，享受着乒乓球的乐趣？

最近观看一部关于电玩游戏的纪录片，才发现那款画面中只有两条横线，中间以长长的虚线分割，双方为了挡住、阻止一颗在画面中来回反弹的白点在横线后出界的简陋游戏，是一款名为 "Pong"、模仿乒乓球的运动游戏。这款游戏于 1972 年面世，被认为是 Atari 公司首款街机游戏，在当时令不少玩家乐此不疲。虽然受制作技术所限，如今看来这款游戏过分简单，但却不免使人反思：撇开战术不论，乒乓球就是一场将来球打向对方领地的游戏。只要有一片相对平坦的场地，能划分"领土"，有简单的球拍和球，在任何地方都能比赛。如非专业需求，球桌大小、标准与否不太影响游玩乐趣。只要"领土"尺寸相若，对双方而言，就是公平的较量。

随着城市发展，运动场地渐渐标准化、国际化，澳门的小孩每逢假日就能到特定场地进行各式运动。有了舒适的环境，正规的设施，昔日那种以家中床板或街边长椅为乒乓球桌的日子渐不复见，也成了一代人的童年回忆。或许，对于一众上了年纪、经历过"乒乓游击战"的"业余球手"来说，乒乓球既是具竞争性的运动，也多多少少是一种简单的小游戏，和捉迷藏没多大差别。

我们的篮球场

因为有篮球，我的童年还算愉快。

犹记得九十年代风靡一时的日本漫画《男儿当入樽》，刚好碰上公牛王朝与球王米高佐敦称霸球坛的时代，令当时不少小学同学，在毕业纪念册或作文课的"我的志愿"题目上，写上"成为 NBA 球星"。现在回想可能令人发笑，但回到那当下，在一个小学生的笔下，这梦想却又无比真诚而闪烁。那个年代，对于我们这些精力旺盛的十岁小孩来说，无论是篮球还是排球，只要一球在手，就感到无比兴奋，纷纷模仿漫画中的流川或三井，高高跃起，往篮球框里一球接一球地投。

有时，篮球场挤满了人，我们就打旁边的体操器材主意。当年，还没怎么看过奥运体操项目，那些单杠双杠架到底怎么用，我们毫无头绪，也不关心。对我们而言，和高小学生约略等高的金属双杠架，就是变换了形状的篮球架。我们用自己的方式，划定一块"自由波地"，并以双杠架为投篮目标，只要球落在两条金属条之间，便仿如听到篮球落入篮网的清脆声响。

占用篮球场是一件奢侈的事，它们大部分时间被预留给中学生或校队练习；而我们总是占据着自己的小天地，围绕着篮球场边的两个双杠架转。有一个动作，只有我们这些在"小球场"混的屁孩才能做到，就是"入樽"。大力地将球灌入双杠架之间，双手挂在一根金属条上摇晃，感受双杠架的振动，气势十足。而这种梦寐以求的感觉，受身高所限，是我们在真正的篮球场上无法企及的。

当年球场上的队友，都是我在班上最好的朋友。虽然小学毕业后各散东西，退学的退学，没退学的被分散到不同班上。然而，至今我仍清楚记得他们的名字、样貌和球场上的特点，记得我们遇强越强、永不言败的精神，也记得那些拥有炉火纯青球技的隔壁班，甚至校队的对手们，他们一直是我们挑战的目标，也是当年每天上学的动力。

修补遗憾的魔法盒

在前互联网时代，电视节目是家庭娱乐中不可或缺的一环，四方盒子内五光十色的世界像魔术，每晚在无数家庭中制造此起彼伏的欢笑声。而录影带的影像作为这种戏法的幽灵，无疑是二十世纪的一项伟大发明。

当九〇后、千禧后的青少年能轻易在网上找到当下想看的各种影视节目，恐怕难以体会录影带如何为广大观众"修补遗憾"。有如哆啦A梦的法宝，只要把一盒容易刮花损毁的录影带推入一台随时入尘故障的录影机，调校好时间，你大可放心出席晚上的活动或复习明天的考试。待隔天有空，再打开录影机，倒带，轻松享受时光回溯的幻觉，欣赏昨晚不得不错过的电视剧大结局。

小学时，观看周六深夜的《龙珠》和《幽游白书》等卡通录影，是我在周日早起的唯一动力；此外，录影带也使早睡少年如我，亦可接触到足球这项对亚洲人而言，仿佛只适合夜猫子的运动。犹记得九八世界杯决赛巴西大战法国，我是隔天早上捂着眼耳不看赛果直接看比赛录影的。透过录影带，当年的我如同触及神秘深夜中的外星世界。

录影带和其他影像存储媒介的普及，大大改变了人们的生活习惯。我们每天的生活规律受电视节目的影响颇深，黄金时段开播的一部脍炙人口的连续剧或深夜重播的精彩游戏节目，都可能使我们决定接下来一两个月晚饭后都安坐家中煲剧，或推迟睡眠时间。录影带以及随之而来的 VCD、DVD 和互联网，某程度上把我们从电视台安排的规律中释放出来，得到更多安排个人时间的自由。

当年我们走进一间租借录影带的店铺，就像今日走进一间 DVD 影音店，琳琅满目的影像使我们面临更多选择。这些影像媒介，塑造了新的生活方式，但到底该怎么选，似乎成了另一个挑战。

键盘战士

如今的中小学，以电脑和各式活动辅助教学，是大势所趋。相较之下，多年前，我的求学生涯中，真正能达到寓娱乐于学习的时刻并不多。其中较深刻的，莫过于小学的电脑课。

发明了仓颉输入法的"中文电脑之父"朱邦复，固然是伟人；而发明以游戏方式练习仓颉输入法的人，我认为，在不少人学习仓颉的过程中，也功不可没。

当年，电脑室内，同学们一起名正言顺地，打开那款类似"俄罗斯方块"的打字游戏，盯着一堆匀速落下的中文字方块，化身键盘战士，不停敲打键盘，将方块们逐一击破，一个个打回去，像力挽狂澜的勇士。简单的设计，方块、分数与速度，营造出刺激紧逼之感，能挑战自我之余，也可随时与身旁的同学一决高下。

除了这款中文打字游戏之外，英文打字的那款 DOS 游戏，界面虽不如"俄罗斯方块"般吸引，却曾令我废寝忘食。

英文打字比仓颉简单，不存在解码的困难，只需依照画面上显示的英文字母，准确无误地打出来便成，仅有快慢之差。当年，虽然其他学科比不上，但我就曾与旁边的同学（全班第一的优异生），在英文打字的战场上较量。

考试前一周，我的速度只有他一半，但好胜的我，看不惯嚣张自负的他，向他下了战帖。他满脸不屑地讥笑我，并欣然接受挑战。为此，接下来一周，我所有时间都花在这游戏的黑色界面上，不看电视，不复习功课，不打球，一直练习打字，终于在紧张刺激的考试中，以平均每分钟比他多打一字的速度险胜，令他大跌眼镜，无言以对。

至今，我仍清楚记得那一刻的满足感。

现在回想，那游戏的字母，并不按常理排列，不构成有意思的英文字。我们在键盘上敲得兴起，画面上的东西，看起来却不过是一堆乱码。

这就是我最初接触到的电脑游戏，内容上没什么意义，很简单，却很好玩。

开篷慢车

澳门街虽小，却混杂了前现代和现代的元素，摩天大楼和现代交通工具随处可见，而具数百年历史的建筑和传统工艺、人力车，也依然拥有一片小小的天空。

张大春在散文集《我的老台北》里写到，他最后一次坐三轮车，要追溯到上世纪六十年代，竟是超过半世纪前的往事了。台北这座重视效率的现代都市中，三轮车是吃力不讨好的工具，早被现代化的汽车淘汰。反之在澳门，九十年代我还坐过无数次三轮车，不论天气冷暖，师傅都喘着粗气，把年迈的嬷嬷和年幼的我，安全地从红街市送到贾伯乐提督街。犹记得，我们提着几个塑胶袋的饛菜，凝望着老师傅奋力爬上斜坡的背影，心想，以后还是不坐三轮车了。

澳门的现代化起步较晚，九十年代的澳门街，汽车和电单车不多，街道也相对简单，我们可以在街头巷尾捉迷藏，或抱着一颗篮球到处跑，三轮车依然有其一席之地。踏入二十一世纪前后，我们的三轮车，也接近被淘汰了。现时市内的三轮车，是观光旅游的一部分，想来小城旅游，又想感受悠闲下午的旅客，可以挤上这辆"开篷慢车"的后座，颠簸在特色碎石路上，感受朴素民风。

长大后，如非赶路或距离过于遥远，前往某地，我一般选择步行。计程车和巴士固然方便，但计程收费虽然相对公平，却有几分无聊和冷漠。正如市场上明码实价的今天，我们几乎要忘记,在前现代的小城各处,那些讨价还价的攻防战,曾经打得何其热闹。我们在向三轮车师傅压价的同时,又会想起他一把年纪仍卖力载起我们爬上斜坡所挥洒的汗水,然后相互让步,敲定一个彼此皆可接受的价码。

上了车,不必担心师傅绕路,因为每一步,都是他赌上自己的健康,辛苦地踩踏出来的。

卡片赌徒

　　和朋友走过伴我一路成长的玩具店，门外除了一堆历久不衰的扭蛋机之外，竟还摆放着两部尘埃满布且已发黄的扭卡机，主题仍是经典的 YES 卡。尽管扭卡机上的使用指引贴纸已残破褪色，那些十几年前的过气明星模样却仍清晰可辨。投币口上的"$1"和"$2"依然醒目，想不到这些扭卡机，不仅外表与内容怀旧，价格也一样"怀旧"。

　　虽然我从未沉迷过明星闪卡，屹立不倒的扭卡机，却唤起我对那些形形色色的收藏类卡片的美好回忆。在我印象中，扭卡机的卡片，无论闪或不闪，都总会神奇地勾起孩子们的收藏欲。我收藏最多的是《男儿当入樽》的卡片，总计有一百多张。扭卡机最巧妙而成功之处，在于其掌握了人性中的赌徒心理（这和现今流行的盲盒异曲同工），花掉的一块钱，除了可换取一张卡片，更埋藏着作为一场游戏的价值，一个期待的过程。每次扭动手腕的瞬间，心情忐忑，心跳加速，生怕抽中已有或不喜欢的角色。而每次的失落，很快就成了再接再厉的动力，"我怎么可能一直倒霉下去？"越是抽中不想要的，把之前吃了的亏一并赢回来的渴望便越强烈。当年我家中那数叠用橡皮圈扎起的《男儿当入樽》卡片，不尽然是植根于人性深处的收藏欲的产物，更夹杂输掉一场场赌局的证据——一张张被嫌弃的卡片。

　　时至今日，《男儿当入樽》卡片已于市面上绝迹，而最近再次被炒作起来的，是当年非常流行的《游戏王》《召唤王》《宠物小精灵》等有数值、能和别人对战的闪卡。我曾有过几张，但从没收藏过，更未尝与人对战，完全不懂玩法，当然也不懂个中趣味。然而，现在这些闪卡可矜贵了，一张的价值，可达数千以至数万元。

　　作为一名卡片赌徒，我当年没把赌注押在这类闪卡上，显然是彻底赌输了。

卡友

卡片游戏可说是游戏界的伟大发明，远自数世纪前已流行并依然风靡全球的扑克牌，乃至日本的歌牌和老少咸宜的UNO，以及近年流行的"游戏王""狼人"和各式桌游等，一副数十张的纸牌，竟能变换出层出不穷的玩法。而且设计轻巧简便，适合握在手中把玩，又能放在口袋中，可谓交友联谊的必备良品。

虽然我从未沉迷于扑克牌或狼人等游戏，甚至不谙其玩法，却难逃收藏类卡片的"魔爪"。作为资深足球迷，对于一包七至八张的球星贴纸卡，自然是无法抗拒。不过，单单是球星卡，未必可刺激球迷们的收藏欲，反而是那本为球星卡量身定制的贴纸册，把英超二十支球队全数罗列，却在阵容上空出十一个方块，让收藏者将收藏回来的贴纸一一贴上的玩法，使人难以自拔。自小害羞内向的我，也不自觉地展开了"足球外交"，每天随身携带重复抽中的球员卡，与同样热衷于球星卡的小学同学交换，然后各自心满意足地带着"转会"而来的新球员，征服贴纸册上的空白方块。

随着时代转变，卡片游戏渐渐脱离了实体的限制。人们把卡片游戏移植到电脑和智能手机上，让玩家足不出户，也能享受与朋友、网友甚至人工智能的玩乐时光。无数卡友昼夜不眠，沉迷于卡片迷宫中，乐此不疲。

进入元宇宙时代，卡片游戏再一次展现它的魔法，以NFT

（非同质化代币）之名，大举入侵。收藏家们散尽家财，无论是游戏类、头像类还是摄影类 NFT，最终收录在虚拟口袋中的一张张虚拟卡片，或多或少都满足了购买者的收藏欲。

回头一看，现时的 NFT 热潮，不也和当年拿着一沓球星贴纸，期待和同学交换自己心仪球员的情况遥相呼应吗？过去的卡片游戏虽已陆续退场，成为一代人的回忆，但也许不久的将来，它们又会在元宇宙中轮回转生。离离合合的卡友们，又会找到一个相聚的理由。

包书胶

书，是精神食粮，给人心灵上的满足。于我而言，书本，更是一种艺术设计，值得细意欣赏，给我愉悦心境。它的外观、触感、气味，以及内涵，都会微妙地影响我阅读，甚至在存放它的空间里生活时的心情。

爱书，有时如爱人。遇到心爱的书本，你会特别想好好珍惜、保护，于是，你可能会为它包上一层书套，精心剪裁，量身制作，就像买一把好的雨伞，为心爱的人遮风挡雨，使她免受日晒雨淋。

在我成长的九十年代和二十一世纪初的澳门，流行以卷轴式的透明或磨砂包书胶，为课本制作书套。当时很多中小学生，多半是非自愿地，在买课本后和开学前的几天，埋首用剪刀和胶纸，裁剪制作书套。在那个年纪，恐怕大部分学生都不怎么喜欢课本，放不进感情，就不太乐意静静地坐下来包书。我也不例外，课本好不好看，有没有损毁，对当时的我而言，是无关痛痒的事，这苦差，就像学校千篇一律的功课一样无聊。

离校多年，现在回想，渐渐开始理解这份开学前的"热身作业"。内地和台湾的学生，多半会买现成不同大小的书套来包书，但对我们这些亲手制作书套的小鬼来说，实际上是在学习如何花功夫去保护自己珍惜的事物。换言之，包书还是一种和课本相处的过程，因为要自己剪裁，对课本投入愈来愈多的时间和精神，也有可能逐渐对它们产生感情，从而更想珍惜。

在不同款式的包书胶中，我尤其钟爱磨砂无图案的款式，简单而含蓄，像女人的粉色长裙，恬静淡雅，有低调的气质。离开学校后，虽然已远离课本，父母长辈们也不再督促我包书，但我仍会为那些一见钟情，或自己读后特别喜欢的书，精心制作磨砂书套。这些书套，体现了其正在保护的书本对我的重要意义。

为书本制作书套，其实是一种对书本的告白，只不过悄然无声，说在心里，如一场不求回报的暗恋，努力给她最好的，只愿她能一直活得好好的。

旅游书

近些年，旅游成本不断下降，加上互联网资讯发达，各地美景病毒式传播，人人向往外游，旅游在现代人的生活中愈来愈重要。关于旅游的资讯和宣传无孔不入，旅游书长卖长有，强势占据了各大书店的畅销排行榜。不过，要找介绍世界各地旅游资讯的旅游书很方便，而散文游记类的、有独到观点的却少之又少。

以存在价值而言，功能性旅游书的影响力已大不如前。要找各类旅游资讯，吃的玩的住的买的，博客们写得更详尽，图片也更多，只要时间充裕，上网搜集和整理资讯就可以省下买一本旅游书的钱。而且旅游书不一定能循环再用，出游几天回来放在家里就变成累赘。

因工作关系，一般人每次旅游大概只有五到七天时间，预先找好推荐景点无可厚非，但不能否认的是，这种热门景点游久而久之就变成制式化的旅游方式，预先排好的行程成为某种"待完成的目标"，旅游某程度上，成了例行公事。

因缘际会，最近认识了一位常年旅游、为各地酒店做宣传文案的旅者，言谈间他分享了自己对旅游书的看法：写旅游书该有观点，这些观点要让旅者在旅途上有所思考。比如他几年前出版过一本旅游书，写清莱的"富"和阿布达比的"穷"，他希望能借此书改变人们对旅游点的刻板印象和固有期待，强调亲身体验的重要性。归根究底，旅游是一种体验。

在网上阅读盛行、影像快将取代图片成为网上阅读主流的今天，旅游书写不断推陈出新。网上旅游书写正发挥着它的优势，各式各样的旅游短片每天都在涌现，当这些短片在未来某天得到更好的整合，很可能会导致功能性旅游书的末日。

也许我们应当思考，旅游书如何发挥以文字书写旅游的优势。

旅游作家保罗·索鲁（Paul Theroux）提到他很喜欢的一段描写印度旅游经历的文字："入睡前，我把湿漉漉的靴子拿到外头晾干，早晨我发现上头长出了一层厚厚的蓝色森林。"

一个栩栩如生的印度在脑海中徐徐展开，这样的描写，或许就是旅游书的其中一条出路。

老派探险者的游戏

赴国内出差，回程飞机上，同行的八十岁老先生，突然从背包掏出一份折叠成一本小书尺寸的"中国旅游图"，感叹这趟旅程时间不够，没用上。他摊开这份列出国内各省市重要旅游景点以及主要公路和铁路的地图，用手指描出我们游历（工作）过的地点，然后手脚利落地把地图折好，交给我："这份送给你，我还有一份。"

想起来，我也有十年没碰过这种实体地图了，对，上一次应该是在现已结业的拱北文华书店，当时对神州大地心驰神往的我，反复翻弄架上不同省份的地图。然而，随着科技发展，纸本地图已在不知不觉间被世人遗忘。如今，只要有一部能上网的手机，就能连上各式地图，输入起点和终点，线上地图自动为你规划路线，更会列出所需时间；打算乘坐公共交通工具的，也有详细指引，甚至连交通工具的班次都能较准确地列出。于是，纸本地图迅即沦为文化遗产，和指南针等工具一起，成为陈旧的探险象征。

不过，当我再次翻开这张地图，却感受到一股莫名的兴奋。壮丽的神州大地竟一目了然地展现在眼前，这种感觉是每天用手机地图导航的我，多年来未曾体会过的。地图上每一座城市、每一座山岭、每一条河流、每一片湖泊，都在同一空间中，有绵延的关系，阅读者的想象得以完整呈现在脑海中；相比之下，在小小的手机屏幕上观看地图，虽然有更庞杂详细的资讯，却是局部而不完整的，想象也变得零散拼凑。

烈日下，扛着大背包，汗流浃背，举起放大镜，用食指从地图上的一个地点，滑向另一个地点，每抵达一处目的地，就在地图相应位置画上记号，为老派探险者的征服之旅带来满足感。如果手机地图善于为我们在点与点之间连线，那么一张纸本地图，就是老派探险者的连线游戏。从点到线，线到面，一笔一画，尽是沿途独特而难忘的风景。

在群星的照耀下写作

　　回想起来，虽然写得懒散，但写作算是我能坚持做最久的事了。由中学一年级突然开窍学会"编故事"交作文，并得老师赏识替我拿去投稿以来，我就觉得"编故事"是好玩的事。于是和那些只有对与错的其他科目相比，当时的我认定唯有"无正确答案"的作文堂才能发挥自己天马行空的小宇宙。

　　不过，纵观整个中小学时期，我从未在学校图书馆借过书，课外书读得晚，也读得少，写作的养分基本源于报纸。从小学开始，父亲每天都会买香港的《苹果日报》，作为忠实足球迷的我，一般会马上翻开体育版。当时的《苹果日报》体育版，版面设计非常精美，内容充实，制作严谨认真。而我从编辑们的语法和用字上也获益良多，诸如"备受青睐""觊觎已久""傲视群雄""梅花间竹""刚愎自用"等等用词，文雅之余饱含浓浓江湖气，十分过瘾。

　　后来，尤其是高中，会读点书，也开始把我的《苹果日报》阅读版图扩张至副刊，每天读几位喜欢的专栏作家的文章，也很期待读到每隔一两周见报一次、刘绍铭和李欧梵等香港文人写的长篇专栏。这些人也是促使我到台湾当个文学小青年的重要启蒙，十多年后的今天，我仍留着一部分当时因特别喜欢而剪下来收藏、如今早已泛黄的文章。此外，每周末我会写一篇文章，大多会放在香港的一个文学网站，和不认识的网友们交流。那时的我暗暗立志要成为一位专栏作者，这种想法在当时的同学眼里可谓彻头彻尾的异类，但对我来说，每一期能自在地经营自己的一小格园地，以自己的文风写喜欢的题材，是一种幸福。

再后来，文学网站不再流行，文章也开始迁徙到部落格以至脸书，并陆续有机会刊登于报章上。然而，无论放在哪个平台，总有些人以各种方式告知我，他们一直阅读着。

写作既孤独，也不孤独，每位写作者都拥有一个独特的星球，在群星的光芒照耀下默默耕耘创造；读者如同在野外观星的人，手握望远镜，阅览着那些万家齐鸣、书写于过去却闪耀于当下的星体絮语。

笔记簿

不久前到台北茑屋书店逛了一圈，书没买到，倒是买了两本精美的笔记簿。讨得我欢心的这两本笔记簿，一本纸质好，写得舒心；另一本好在设计，有别于一般横线或空白笔记簿，每页中间有网格区域，可用于画草图，四周留有空白空间，便于注解或附加笔记。

买回来舍不得拆封，于是又加入了家里待拆封笔记簿的行列。

我收集笔记簿的习惯源自大学时期，至今已有十年。最初从常见的横线笔记簿开始，多数用于抄写课堂笔记。那段时期我对封面漂亮，尤其有异国情调或风景照的笔记簿情有独钟。后来，买笔记簿更多是为了写下灵感，追求较自由的书写方式，因此转攻空白笔记簿，封面越简约越好，纸质也变得更重要。近两三年来，笔记簿买少了，遇到有突破性的设计才会入手，希望与众不同的设计能反过来改变自己写笔记的方式，说不定能刺激创作灵感。

我写笔记是因为记性差，怕把重要的想法忘记，此外也是为了上课时有事可做。不过，和拍美食照的情况相似，写过的笔记我都甚少回头查看，特别是上课笔记，如无考试，课堂上自觉重要而抄下的笔记很快会束之高阁。至于生活中的灵感，确实常常会摊开笔记簿重看，整理好，用在写小说、诗或剧本上，但也有一些，几年后突然想起，翻箱倒柜，却遍寻不获，徒然空叹。

　　近年我转移阵地，不再常用笔记簿，将灵感写在手机记事簿上。改用手机的好处一是方便，无须带笔记簿和笔出门；二来手机一般不离身，不会随意乱放，隔些日子要用也无须花时间翻找，而且只要放上网，就不易丢失，对于我这种为对抗遗忘而写笔记的人而言，更有安全感。

　　自从习惯用手机写笔记，我不时会躺在床上，对一个梦，或一首诗，删删改改，相较于用纸笔，省下不少工夫。唯一不便是听讲座时，用手机写笔记随时被误认是低头族，显得缺乏尊重，被某些讲者看在眼里，难免令人沮丧。

读报时光

数月前，去报纸档买一份香港报纸，不料被档主揶揄："第一次买报纸吗？今天的报纸今晚或明天才有，不知道吗？"我确实很久没买报纸了，经这一问才得知疫情期间，运输不便，在澳门读香港报纸，有了时差。

乍听之下，今天读昨天的报纸，有种奇怪的感觉。新闻报道讲求即时性，在现今网媒大行其道的年代，读即日的报纸，接收的资讯本已落后于网媒，更别说读昨天的报纸了，除非读者更在乎的是时效性相对较低的社论和专栏。

犹记得外公仍在世时，对读报甚为执着。每天外出吃完早餐，必然会到相熟的报纸档买一份报纸。回家后，他会打开帆布躺椅，就着从阳台洒进的日光，安静地读上两三小时。中午放学回家的我，会到外公外婆家吃午饭。一进屋，放下书包，生怕打扰到外公的阅读时光，我会小心翼翼地从他的报纸中挑出体育版，静静地在旁边阅读。读完报纸，我们便洗手，准备吃饭，电视午间新闻的招牌音乐也会适时响起。可以说，午饭前，外公几乎都沉浸在过去一天的世界时局中。

说到底，仍能忍受每次读完报纸后双手被油墨弄脏的读者，对报纸必然有份情意结。读报除了是日常生活习惯外，更是充满仪式感的行为。首先，读者要准备一个能静下心来的时空，也许是茶餐厅的早餐后，也许是买菜回家后，也许是办公室的午休时段。接着，提起精神，戴好老花或近视眼镜，一页一页地翻读，眼神在一个个栏目之间游移。把报纸前后翻了一遍后，有序地叠好，再洗去粘在双手上的一层乌黑油墨。

多年后，我渐渐能理解，那些读不了报纸的早晨，外公内心的不快。读报像是对自己的承诺，就像跑步、健身、读书、喝咖啡，是日常生活中渐渐建立起来且牢不可破的仪式、规律，偶尔错过了，会教人难过一整天。

一日之计在于"撕"

尽管有了手机行事历，家中仍挂着一本传统日历。每天早上撕掉一页，象征新一天的来临。

老日历上的每一页，印满了现代人认为迷信的资讯。其中我看得懂的，只有不同时辰的吉凶，以及各种宜忌。孩童时半信半疑，会不时看看日历上的指引，出行、理发都得觅个吉日。长大后，日历变得无足轻重，打开手机查阅行事历，方便快捷。但家中仍用老日历，日子，一天一天，依旧是撕出来的。

年头收拾办公桌，发现一份精致的月历，在电脑旁积满了灰尘。回想起来，这一年，我的目光几乎未曾落在它身上。摆放在公司的月历或年历，除了规划假期，基本上引不起我的注意。而在刚过去、受疫情肆虐的一年，由于不能出国，我甚少放假。这份设计精美的月历，就这么枉度了一生。

有别于月历和年历，日历体现出一种自律的生活。也许源自农民社会日出而作、日入而息的习性，中国人视"撕日历"为每日清晨的工作之一，就像舒展筋骨，洗脸泡茶，为盆栽浇水。当自律的年轻人起床后，用手机仔细规划一天行程之际，自律的长者则撕掉薄薄的一张日历纸，来宣告一天活动的开展。

我这一代人，童年时尤其喜爱日历。一页页的日历纸撕掉后，对大人而言是废物，对小孩子来说，却承载着一个天马行空的世界。我们曾经用废弃的日历纸涂鸦，折过飞机和船，虽然日历纸不如 A4 纸般厚实，却胜在廉价，不太有浪费资源的罪恶感。向折好的飞机轻轻一吹，便填补了童年的无聊苦闷。喜欢球类运动的我，还会把撕掉的日历纸揉成一颗球，于客厅一端搁下一张塑胶椅，椅脚顿成龙门，然后跑到客厅另一端，瞄准龙门，踢出"日历球"，乐上一个下午。

也许大人们并不知道，他们不假思索地撕掉的"过去"，像魔法般，以各种形态，包裹着下一代的愉快童年。

奢侈品与必需品

电视上看到邻埠有人深夜搭车出门，跨区过海，排起逾千人的壮观长龙，架起折凳甚至帐篷，席地而睡，仅仅为了买两盒口罩。但见不分长幼，捧着两盒平凡无奇的口罩，回头，一副满足、如获至宝的神情，实在令人心酸。

这样的长龙，印象中较深刻的一次，已是二十年前，但排的，却是在大部分成年人眼中微不足道、稚气未脱的小玩意儿——史诺比"环游世界"系列塑胶玩具。而最邪恶、最叫人心痒的，是它居然总共有五十六只来自不同国家的款式，这只贪玩的小狗，名副其实要在世界各地留下犬影、写上"到此一游"才心息！当年，我年纪尚小，记忆中未有亲身体验现场大排长龙的墟冚景观，多得身强力健的亲戚们，天未光就到高士德麦当劳门外搭起"小凉亭"，一只接一只，一个国家接一个国家地"游历"过一遍，用时间和汗水帮我们这些小屁孩换回来。

正如我从未有过环游世界的梦想，当年，对史诺比毫无兴趣的我，也没有疯迷到要集齐一整套"环游世界"系列。但二十年后的今天，我家的饰物柜上仍摆放着其中七只发黄的史诺比，除了搬家那一次，这么多年来，我连碰都没碰过。不论放在当时抑或今天，这些造型各异的史诺比，都是"尝之无味，弃之可惜"的奢侈品。

看见那队比二十年前的"环游世界"行列要庞大得多的买

口罩大军，他们甚至通宵达旦，忍受着长夜的寒风，就为了没有花纹、毫不起眼、戴上了还会使自己呼吸不适的口罩。同样是生活，和平时代，我们争抢那些放在家里看一看、想一想就令人心满意足的奢侈品；而在抗疫乱世中，我们争先恐后仍不易得到的，却是那些性命攸关、连想都不愿想起的必需品。

台风来了

多年前，二十出头的我，还是政大学生，本着对表演的一点兴趣，报名参加李启源导演的表演工作坊。当年的我，只参与过一两次系内戏剧公演，误以为哗众取宠的演绎方式，是演绎喜剧角色的不二法门。我当时的表演任务，仅仅是背熟台词，以及尽量放大我的语气动作，让观众看清楚、听清楚，继而发笑，无异于一名小丑。那些无的放矢的"表演"，如今想来，一定很令人尴尬。

当我走进政大艺文中心的面试空间，李启源导演坐在对面，双手交叠，托住下巴，脸带极浅的微笑，专注地观察我的一举一动，看起来城府极深。他沉默却像要望穿我灵魂的模样，令我战战兢兢，话音颤抖。面试的细节我记不清了，印象最深刻的是，他让我以三种不同情绪，演绎"台风来了"这句台词。乍听之下不难，实际上，你确实可以轻易地以两种情绪演绎这个句子，但在短时间内揣摩出第三种，却是超乎想象的困难。面试过后，我十分沮丧。心想：表演，真不简单啊！

后来回想，虽然澳台地区常受台风侵袭，但当我们接收或向别人传达"台风来了"这个讯息时，一般不会带有极端情绪。因为居住于发达城市的我们，面对台风，甚少会联想到流离失所或类似的惨痛经历，因此也不会产生随之而来的恐惧。"台风来了"这句台词，像藏了一根针的棉花，在开口尝试前，你无法了解它的困难。李导要找的电影演员，是未接受太多剧场训练的璞玉，是几乎不带情绪地说出"台风来了"的人，而非大鸣大放，口袋内装满"方法"的演员。

结果，我意外地通过了面试，有机会一窥表演的堂奥。当时的我，对于自己的幸运入选，百思不得其解。后来，我成了李导的学生，也和他一起，以"台风来了"检验前来面试的演员们。

那段日子，我渐渐发现，原来他想找的，是和当年的我一样的，一张白纸。

不幸的餐厅

在台学习数年间，朋友常取笑我，钟爱的餐厅总难逃结业宿命。我喜欢独自用餐，尽选一些人流不多，适合安静用膳的餐厅。一个人觅食，无须迁就他人，途经某家店，人少，心想如不进去尝一尝，说不定哪天突然倒了，就没机会了。这种餐厅，吃过，觉得不错的，也就成了聚脚地。一段时间没去，兴致到了，带朋友去品尝，发现已结业，朋友都怪我脚头差。

套用托尔斯泰的句式：幸福的餐厅都彼此相似，不幸的餐厅各有各的不幸。人少的店，品质不一定差，只不过有的缺乏宣传，有的位置偏僻，有的开在学校外，卖的却是精致高档的料理。

在政治大学念书时，有一家日本料理，开在离学校稍远的街上，平日客人甚少，几乎不见学生踪影。老板娘很友善，每次走入餐厅，她总笑脸相迎，随餐奉送各式小食，如寿司、毛豆和雪糕等，又不时跟我们闲聊。有一次，她说她和老板以前经营香蕉厂，他们的香蕉品质非常好，后来却毅然关厂，来到这人烟稀少的街道，开了这家乏人问津的餐厅。她并不惋惜，毕竟做餐饮也有乐趣。我轻抚隆起的肚子，频频点头，回味刚刚吃下的佳肴，餐厅正播放着邓丽君的日文歌（据闻是老板娘的最爱）。那是个无课要赶的午后，韶光漫漫，清静如许，夫复何求。

踏出餐厅，汉语不好的我，蓦然回想，终于明白老板以前开的，不是香蕉厂，而是橡胶厂。

后来，某天和朋友 K 来光顾，老板娘送了一小盘盛得满满的爆谷，原来他们刚添置了一台爆谷机。老板希望以爆谷为卖点，改善餐厅生意。吃完主菜和爆谷后，老板娘又送来一盘更满的爆谷，我们盛情难却，吃得满足。

没想到，那是我们最后一次品尝老板娘的日本料理。还来不及道别，餐厅就结业了。我还记得最后一次离开餐厅时，老板娘目送我们的笑容，像永不凋零的向日葵。

可敬可爱的台湾导演

那逐渐远去的背影，从不回头，只轻轻扬起一只手，手肘屈成直角，一记无言而轻盈的"再见"，如西部片中的西部牛仔，一轮激战过后把枪收起，转身没入飞扬的尘土中。那是他在我脑海中最深刻的印象。

王童是我在电影研究所的指导老师，只要有新故事，我都会在教室外"堵"他，他就一边抽烟一边听我说。每次上课，他总是第一个走进教室的人，提前半小时独自在白板上画得满满的，整理好当天上课的内容。作为一位在片场长大的电影导演，他不习惯捧着课本讲解。每周他就跟我们谈拍片的经验，分析他喜欢的电影，讨论各自对电影的想法。他说过，相比起在教室内讲课，他更喜欢和学生约在校内的咖啡厅谈电影聊人生，畅想在当下的场景中能发生什么故事，可以怎么拍。

在王童心中，一直存放着二十位导演、二十部电影。他认为，看电影贵精不贵多，选出心中的二十大导演，再找出他的电影里你最喜爱的一部，反复研究分析，就够了。在这份名单中，奇斯洛夫斯基、安哲罗普洛斯、黑泽明、小津安二郎都是他的压箱宝，他不无感触地告诉我们，如果奇斯洛夫斯基还在生，他真想请他远赴台湾为我们这些迷途小羔羊讲课。名单也不是永远不变的，他会听取同学的意见，看一些新电影，或他没看过的老电影，随时更新他的排行榜，像一个小孩，烦恼着如何从一堆心爱的玩具中，选出最喜欢的，放进自己小小的玩具箱。

当大家谈论台湾新电影，谈到侯孝贤、杨德昌和蔡明亮这些赫赫有名的人物时，常常遗忘了他的名字。拍过《稻草人》《红柿子》《香蕉天堂》《策马入林》和《无言的山丘》等名作的王童老师，得过金马奖，却没在国际影展中有所斩获。原因不是他的电影不够好，只是他懒得去报名。他永远是一个脚踏实地创作、关注和自己息息相关的台湾乡土题材的导演，有着温厚而豪爽的个性，对伟大的电影以及创作者满怀崇敬之心。

和这位可爱的老人家相处的日子虽然不长，却单纯而美好。

七十年一觉明星梦

　　说起在台湾当文学青年，不得不提坐落于台北武昌街上的明星咖啡馆。开业至今近七十年，明星以提供俄罗斯风味餐点为主，店内装潢典雅，灯光昏黄，烘托出幽静氛围，数十年来吸引众多文人雅士到此聚会，谈文说艺；或享受孤独，潜心写作。白先勇、林怀民、黄春明等台湾著名作家也曾是明星常客，这家咖啡馆可谓孕育台湾现代文学的宝地。

　　经历过停业与火灾，十多年前重新开业的明星咖啡馆现已成为中产阶级聚会的场所，其历史文化气息加上精致的异国风味餐点，非常符合台北中产阶级家庭的胃口。老同学到此聚旧，交流近况、侃侃而谈、怀缅往昔，相当合宜。如今店内摆放着半个世纪以来曾造访的文人和政经名流的照片，明星店如其名，犹似一位享誉国际的明星，是台北市一抹独特的人文风貌，一张熠熠生辉的名片。

　　我也去过几次明星，大学时拍摄的一部短片更在此取景。坐在窗边的卡位上，任时光发酵，灵感如咖啡香气在落日余晖的映照下氤氲，回味旧日种种，畅想不曾有过的人生，在今日人流涌动、不容停留的现代都市，恐怕难觅如此一席之地。

　　三年前，我和几位同学到诗人杨泽老师家上课。冬日的午后阳光里，老师从书堆中为我们端上牛奶，还有他的压箱宝——俄罗斯宫廷御用软糖，来自咖啡馆楼下的明星面包店。绵软神奇的口感配上核桃粒，瞬间把我征服。于是我又忆起明星咖啡馆，它的历史、来来往往的文人、一些文学梦，以及遥远的俄罗斯。

后来我不时独自走到武昌街，从明星买一小包俄罗斯软糖回宿舍。趁深夜室友们已上床就寝，我打开台灯，以软糖搭配朋友从俄罗斯带回来的热巧克力，并翻开一本书。

这应该算是文学青年的理想夜晚了。

眈在这里也不错

执笔之时，正是营运超过三十年的台北诚品敦南店熄灯的日子。在台湾生活的八年间，我对大型连锁书店的钟爱从未消减，台大、西门、信义和敦南诚品，都是我茶余饭后流连的场所。准确来说，填饱肚子的饭菜不过是配菜，逛书店才是我的主菜。

喜欢大型连锁书店有几个原因。其一，澳门没有。长期在澳门居住的人，到台北发现这种大型书店，趋之若鹜，自是人之常情。我身边喜欢读书的朋友，每回游台湾，必到诚品朝圣。其二，书店够大，藏书一定多，选择多自然幸福感满溢。其三，环境舒适，能不受店员"监视"地在一行又一行的书架之间来回穿行。其四，人流复杂。相比起较吸引文青驻足的独立书店，大型书店因藏书类型齐全，空间舒适，有更多来自不同阶层和职业的人到访。虽然像诚品敦南店这种二十四小时书店，常会有和环境不太搭调、以高分贝广东话与同行友人交流的旅客们拜访，但总括而言，如此多层次的一道人文风景，既庞杂又独特。

在台期间，我最常去的是信义诚品，皆因其格局更宽敞，而且在邻近的 101 大楼内还有一家 Page One。那家现已歇业的书店，除中文书外，亦有大量英文书。到捷运市政府站，可一次逛两家书店，如时间许可，更可顺道到旁边的信义威秀看一场电影。可见，书店选址很重要，要考虑配套。

至于近期的焦点——敦南诚品，作为全球首间二十四小时大型书店，店内的景致与其他诚品书店略有不同。偶尔，会有一些"流浪书汉"在较隐蔽的角落出没，我和损友 K 就是其中两位。想看看书，但身体又感到疲累的深夜，我们就会在书店内挑选一个"床位"，捧起一本书。我们当然不会在那儿呼呼大睡，只是和其他零星地坐在各自的"床位"上的流浪者一起，必要时，放心地闭目养神而已。

单车漫游者

　　在台湾求学多年，没当过认真的学生，闲时聊作一名 flâneur（城市漫游者），游手好闲地在建筑物与地下商场的店铺之间穿梭，感受资本主义洪流的冲击、人与人之间的冷漠，以及由之而来的自在。而最令人上瘾的漫游方式，则是骑单车，在河堤以至市区马路上踏风而过。

　　大一时，学长们带领我们一行二十人的新生团，去淡水骑单车。某些看上了学妹的学长，借此展开攻势，各据一方，黏着学妹，在单车径上聊天打闹。而我，却意外地发现了独自骑车的乐趣，欣赏沿路风光之余，也享受独处与沉思。

　　此后数年，每年我总会找几个阳光明媚的日子，租一辆单车，或沿台北南部动物园附近的河堤骑车漫游，或从北投住家出发、经士林骑到西门一带，又或自关渡校区沿河堤经竹围、红树林骑到淡水。各路风光不尽相同，但都非常适合随时下车拍照，舒展筋骨，感受生活的美好。后来，Ubike 进驻台北市不同捷运站，偶尔在深夜捷运停驶后，我也会骑一辆 Ubike，驶过凌晨暗寂的大街小巷，回到宿舍或住家。

　　有时，一个大城市对步行者而言显得过于巨大，我喜欢以骑单车的方式展开探索。犹记得和损友在大阪熙来攘往的市中心、高度拥挤的人流车流中穿梭的雨夜，我们的雨衣下，水点连绵不绝地在两块眼镜片上流淌，模糊的视野只对商店闪烁不息的 LED 屏幕和招牌反应敏锐，在最后一束感受青春的神经末梢引导下，危险与浪漫交织而成的昔日情怀倏忽而过。

几星期前，偶然看见一张京都鸭川的照片，樱花树下，一辆单车驶过，像永恒的景象，定格在照片中，不禁令我回想起那里舒适开阔的单车径，还有毕业前无忧无虑的岁月。单车，在一个时代里，曾经是非常实用的交通工具，如今，在城市人眼中，却代表了一种令人向往的生活态度与情怀。

匆匆一别

八年前，一个风和日丽的午后，我刚复学回台，和研究所一位很要好的同学去喝咖啡。超过两年不见，曾经共同进退，为构思短片作业而奋战的老同学，顿时显得生疏了不少。寒暄的内容并不难忘，我已经没有一点印象。离开咖啡店后，他伸出一只手，以他招牌的笑容，跟我说了一句"保重！"。我困惑地和他握手，心想离毕业还有两年，这句道别的话实在言之尚早。但自此之后，八年过去，不论在现实生活或社交媒体上，我都没再见过他。

所有快乐的瞬间都不是必然的。朋友们常常觉得我这人太冷，和好朋友一两月不联络也无所谓。那是因为我不喜欢和人太亲近，也许太亲近的话，就会产生依赖，就很难接受突如其来的分离。小学时每周日和表哥表弟们的聚会嬉戏至今仍历历在目，但临近尾声的夕阳却更为深刻。每到六点左右，天色渐沉，对面大厦某住户传来敲木鱼的声音，每一下都敲在我的心坎里，犹如为明天早上上学敲响了预备钟。散场的难过残忍地烙在我的脑海中。

一个人，很难拥有伴随一生的朋友。每个人的际遇不同，人生路各异，人与人之间的关系注定只能是两个交错的圆，有交集，但终究也有离别的一天。朋友如是，亲人亦然。动画《男儿当入樽》（*The First Slam Dunk*）的开头，宫城良田和哥哥一起打篮球，本以为那是一个会无限延长的明媚日子。然而，随着哥哥和朋友们约好去玩，宫城只好在岸边洒泪埋怨，目送哥哥渐渐远去的身影。更没想到的是，那艘载着他哥哥的船，竟然从此驶离了他的生命，一去不返。

我又不禁想起那些哀伤地挥别周末的黄昏。童年就像那一艘船，载着层层堆叠的《男儿当入樽》漫画，还有和表哥一起在房间里打篮球、因为酷炫的入樽而拉破了的无数玩具篮球筐，驶进一片无垠的大海，在无人知晓的远方独自漂浮着。

雾中风景

台湾其中一处令我留恋不已的，是嘉义阿里山铁道上的中途站奋起湖。同样依山而建，不时云雾缭绕，以怀旧老街闻名，相比起大家耳熟能详的九份老街，这里没有络绎不绝的游客，少了一份人间烟火。在阿里山睥睨之下，它是站在花枝招展、靓丽动人的女子身旁那位没化妆、不自拍、不声张，却有秀丽五官的邻家女孩。

"奋起湖"这名字，不乏传奇色彩，令人想起台湾便利店的"奋起湖便当"。阿里山公路开通前，这里的店家一直为阿里山铁路的员工和乘客供应轻便饭盒；时至今日，很多旅者选择在此暂留，待隔天一早坐车上阿里山欣赏日出。如果阿里山是终点，近百年来，奋起湖一向以"逗号"的身份自居。

台北求学时期，几次立定决心写小说，我都会不厌其烦坐车到嘉义，往这片常被迷雾笼罩的山中盆地"躲"上几天，租住一间天主堂的便宜小房间，尽量不和外界联系，过上一点精心剪裁的"山中岁月"：早上读书写作，午后流连于老街山径之间，或在杉木森林区中踱步沉思。夜色渐浓，各户各店陆续打烊归家，六点后老街已灯火寥寥。吃过晚饭的我，不敢再出门，步入诡魅的山中黑夜。于是，黑夜自然成为闭关疾书的好时光。

渐渐地，我分不清是奋起湖的深山雾景，领我进入写作的状态，抑或是写作，带我走进这片梦幻的人间异境。在一大片擎天耸立的杉木林中迷走，犹如进入了一片被时间遗忘的无人之境，有一种摄人心魄的疗愈魔力。

至今，我仍怀念它，怀念被一堆上千岁的山中神木包围的感觉。它让我在创作前如祈祷般，仰望崇高，心存敬畏，提醒自己并无创造一个世界的能力。唯有学会卑微到尘土里，才有可能栽种出一花、一草、一木。

那些曾遇见又错过的风景

近读台湾摄影师阮义忠的随笔集《读人读景》，每篇短文搭配照片一张，流行的脸书标配，读来舒服之余也勾起不少回忆。

书是朋友K送的，我问他是否还记得十年前的今天我们身处何地，他忘记了，我就娓娓道来：当天中午一行六人在台北公馆吃意大利面，下午坐捷运去小碧潭逛创意市集。何以记得如此清楚？因为那是我向初恋女友告白的十周年纪念日，当天的行程细节依然历历在目。

翻开此书，书中所述大多是作者在台湾生活的点点滴滴。阮老师曾在我的母校台北艺术大学授课超过二十年，对学校情感深厚，感触良多，几篇相关文章读来尤其亲切。虽然无缘选修阮老师的课，但对于他笔下校园内的一草一木，以及钟楼下俯瞰大台北盆地的壮阔夜景，就像有人借了我家的家具抒情一番，令人细细回味。当老师谈到他退休前在美术系视听教室上的最后一节课，教室座椅上的温度仿佛马上黏在我的屁股上。

写到校牛，阮老师提起学校养牛的历史。说来惭愧，在校园内来来回回走了足足四年，直到遇上阮老师的文章，才知道校牛名叫小美和小丽。今年二月，小美病逝，校方养了一头新牛，经师生提名投票，最后定名为"奥米加咆哮兽"，名字取自日本动画《数码暴龙》。读艺术的学生，永远出格，名不惊人死不休。

就这本随笔集而言，文字才是主角。阮义忠细腻的情感，入微的观察，渗透于每篇散文的字里行间，真情流露，数十年人生智慧处处可见。毕业后读到此书，于我是缘分，也是万幸。除缅怀之外，亦借此重新认识北艺大，认识台湾，认识这片多年来像家一般充满人情味的土地。

阮义忠写了很多我走过的路，却描述了更多路上我未曾拜访过的风景。一字一句在心中默读，我想起那些走在校园山路上的时光，庆幸曾居住于这座美丽的小岛上，幻想自己是数算落叶并为摇曳树影着迷的浪漫诗人。

Memento Mori

小时候的我并不想进入新一年，因为每次交作业时右上角都要写上日期，跨年后年份就和过去不一样，而我总会写错，一直写成刚过去的一年。有些习惯一时之间不愿改，但岁月会迫使你学会告别。

我不记得人生中大多数除夕倒数是如何度过的，印象较清晰的一次在两年前，那是我在台湾求学时期的最后一次跨年。我和损友 S 晚上十一点各自租了一辆 Ubike 单车，沿士林河堤慢慢骑，穿过不同形状的树荫，深夜的河堤平静凉快却略带诡秘。我们话不多，沿途听见零零星星的烟火绽放，不时看见几人一群的男男女女兴致勃勃地在河边放烟火，庆祝新年来临。单车骑过他们身边时，我们就和这些陌生人互祝"新年快乐"，相互传递片刻的温暖。当倒数开始时，我停下来，凝望一束束烟火点亮深邃的夜空，仿佛一些灿烂的时刻在未知的人生中用力地刻下印记。但转瞬即逝，光的痕迹很快被抹去，黑夜复归平静。当下我在想：明年此时我会变成怎样，会在何处，在做什么呢？

像这种"明年今日"的疑问，近年总在一些节庆日子里蹦出来，提醒我当下是独特的存在，我们搭上了一列一往无前的火车，没有归途，而将来，是一片未知与迷茫，当然也有期待。

中世纪某些欧洲教会的信众，见面时会以拉丁文"Memento

mori"问安，意思是"记得人终将一死"。据闻古时在战争中此片语也常被用来警惕士兵们骄兵必败，持续的胜利会使人冲昏头脑，产生能征服死亡的错觉。于我而言，节日的意义或许是提醒我时间的存在，以及作为某个阶段的"Memento mori"吧，这一刻和这些人在一起，在这样的环境下，无论带着怎样的心情，都无法复制。明年今日，我们会在不同的路上，也许和不同的人一起，想着不一样的事。

节日有时是我们记忆的节点，像某个休息站或定向标，回顾过往，带着一些珍贵的回忆，以及被过往无数时光雕刻而成的独一无二的自己，迎接未知的人生风景。

魔幻时刻

因缘际会下，和素未谋面的九〇后年轻人吃了一顿下午茶。

世新毕业的她，提起母校，总是眉飞色舞。报读大学前，她曾到台北几所大学考察，途经指南路上的政治大学时，看见在运动场跑道上散步或慢跑的，几乎都是校外的居民，街坊众多，太亲民，和她心目中的理想大学有点距离。后来，当她在一个阳光明媚的黄昏，走进世新大学入口处著名的"隧道"，并迎来尽头的一点光亮时，校园景观豁然开朗，一群大学生正在准备他们的啦啦队表演。年轻的身体在空中跃动，灿烂的夕阳洒在女生们的马尾辫上，充满活力的叫喊在空气中回荡，那画面异常震撼，以致延长了视觉暂留，以慢动作镜头在眼前播放，并渐渐定格，刻在她的心底。描述至此，她已热泪盈眶。

那动人的一刻，驱使她最终选择了世新。与她道别后，回忆填满了我的思绪。我始终没告诉她，我正是在指南路上依山而建的那所大学度过了美好的四年。曾经有一段日子，几乎每个傍晚，在她考察过的那个运动场、街坊满布的跑道上，和她当年在世新校园内目睹的大学生一样，挥洒着汗水和热情，为即将到来的啦啦队表演做准备，将女队员高高举起，摆出各种美妙的姿态和队形，努力维持自信的笑容。

演出（也是比赛）当天，第一次戴隐形眼镜的我，折腾了半天，只成功戴上一只，于是勉强以左眼视野清晰、右眼600度近视的状态上阵，加上被汗水浸湿，演出就在迷迷糊糊间结束了。

多年过去，至今回想，仿佛仍可感受到政大运动场上的微风，以及双手如莲花盛放般，在学姐高高站起时，拼命抓着她的一只橡胶底跑步鞋不放、双手因奋力支撑而无法控制的颤抖。那刻骨铭心的重量，是青春的重量。

这重量，穿越了我的大学时光，在一列摇摇晃晃的命运列车上，被一位年轻人的泪光，重新唤醒了。

命中注定的书

多年来，我的读书速度远远赶不上买书。对那些未读到，甚至很可能永远读不到的书，我总是十分内疚。我一直深信，读到一本"命中注定"的书，可以改变人生。但除此之外，出于各种理由，我也买了一堆如鸡肋一般的书。

电影和音乐的欣赏，有固定时长，由数分钟至几小时不等。无论专注不专注，一首歌或一套戏何时放完，心里都有底。相比于读书，花在电影和音乐上的精神成本一般较低。而在今时今日，读一本书，不论类型，大概都要花一番工夫，把俗事推到一旁，静下心来，才有可能感受个中美好。我仍忘不了十多年前读到《安娜·卡列尼娜》末段列文对世界的思考时的震撼，读到村上春树的短篇《木野》的结尾时落下的不多不少的一行泪，还有博拉纽的短篇《申西尼》给我痛彻心扉、止不住泪水的强烈冲击，那是孤独在人生长夜中萦绕不息的回声。于是我才明白，当一个人找到一本对的书，一本书遇上一个对的人，是何其珍贵。

书也好，电影、音乐也罢，固然属文化艺术，但无可否认，它们同时是一件"有价"的商品。一件商品，买回家不用，就发挥不了它的用途。正如我们买衣服，款式琳琅满目，今天你喜欢这一款，说不定几年后喜好变了，看不上眼，或不再适合你，你能做的，就是把这些已然用不着的商品集合起来，捐赠或卖给当下需要它们的人。只有如此，商品才不再是尘封的废品，才能发挥它的用处。说不定，其中某本书会成为别人的"命中注定"呢。

一本书，说命中注定彰显了它的浪漫性，说成本说价值又凸现了其商品性。这么一种物性与精神性并重的存在，在不同人眼中，肯定是差异极大的。

我们能做的，是尽量保持头脑清醒，遵循内心，筛选那些我们会读的书。再美的书，生产的初衷也不是为了装饰或收藏，而是用来阅读的。

言语之外，沉默之中

不久前，自中学毕业以来少有联系的表哥，突然传来一则微信语音讯息，内容是梁静茹来澳门开演唱会时的一小段录音。我会心一笑，反复听了数遍，昔日回忆顿时涌上心头，仿佛回到我们一起热爱台湾流行曲的中学时代。那时候我喜欢梁静茹，他却喜欢 S.H.E.，我们不会探讨严肃的话题，但在流行文化中都有各自鲜明的爱好，在我们的"偶像"光谱中，永远找不到交集，总是打对台，为自己的偶像据理力争，似乎这些喜好就代表了我们的价值观。那段日子里，我经常在白天思考一些形而上的问题，一到晚饭时间，就和表哥聚在一起，讨论我们喜爱的歌手、游戏、电视节目、电影或球队，我们以"辩论"建立起友谊，那是一段既难忘又无忧无虑的岁月。

随着年纪渐长，我愈来愈不信任语言。在大部分以"讨论"为名的交流中，都很难取得真正的共识。尤其在这个网络通信时代，很多会议和约会都被迁移到虚拟世界，我们每天都在写字，都在用文字讨论，却看不见荧幕背后的那张脸，看不见那个人的情绪。因此，很多人际关系在无数大大小小的误解中渐行渐远，最终走向绝路，于当事人眼中却死因不明。语言毕竟只是一种表达工具，再好再贴切的工具也代替不了所要表达的内容和情感。在不少情况下，无声更胜有声。

交流的真正难处不在于表达，而在于理解。

尝试聆听和理解是所有交流以至友谊的基础，因为只有真正的理解，才能产生尊重。像一场梁静茹的演唱会，也许你不喜欢，但你知道我喜欢，就把它录下来，给我听，这是理解，是尊重，是包容，尝试从我的角度去看世界，无关乎你的立场与喜好。

当一切立场都不再只是不讲道理的唇枪舌剑，都能被尊重被阅读被思考，当我们不再急于用语言来表达一点什么，而是学会默默地聆听，试图去理解，这大概就是成长。

久违的饭香

近日，为与装修师傅讨论设计问题，回到正值"百废待兴"、空空如也的家。和昔日理所当然充满生活机能的住宅很不同，当所有家具被拆卸、迁走后，只剩下一些方便师傅照明用的灯、插座，甚至马桶、浴缸都不见了，遗留下露出的水管。这样一个家，只是一个空间，没有生活感，回到相对原始、纯粹的状态。

我走进本来是厨房的空间，闻到一阵菜饭香，自隔壁某户，沿窗传了过来。印象中这还是我第一次，在自己家中注意到、闻到隔壁饭香呢。平日家里甚少做饭，午饭时段大多出外用餐，鲜有机会感受到这种从隔壁传来的，以嗅觉带动运转的"闹钟"。

上大学前，中午放学，我总会在学校附近的外公外婆家吃饭。外公外婆家在二楼，姨妈关起厨房门做饭。当我爬上两层楼梯，仍未进门，饭菜香已透着几扇门，扑鼻而来，急不可待在楼梯上与我相遇。紧接而来的，是新闻报道准时开播的招牌音乐。那段日子，厨房传出的菜饭香和电视新闻的主题音乐，是一个配套，如条件反射般调动了我的唾液分泌，向我传来"准备开饭"的讯息，仿佛是一种启动生活感的开关。

多年后，我在"家徒四壁"的这个空间中，和十多年前几乎已被遗忘的生活感不期而遇。不过，眼前没有可以打开的电视，也没有可做的饭，甚至连火都生不出来。一个空间，竟显得如此陌生。生活，需要依靠时间，以及一个个平凡日子来建立、铺陈，就像一个家的修建，一件件家具在这个空间中各安其位。虽然搬迁时，庞杂的生活用品使人叫骂连连，但望着这些书本、影碟、家电、衣物……犹如一页页以不同形式诉说的日记，教人心头一暖，不禁莞尔。

有人喜新，有人恋旧，新的东西带来使用上的便捷，也令人放心；而旧的，满布使用的痕迹，是一页活着的历史，泛黄中，散发出温度。

盗版影碟的美好年代（上）

在 DVD 盛行的年代，当同学们喜欢出拱北美甲剪发按摩或吃香喝辣，我每次出关最期待的，就是到地下商场或邻近的横街窄巷"淘宝"。窜入店面亮丽的各式便利商店，以暗号推开墙上的暗室之门，进入那个昏暗狭小，却能容纳成千上万只封装简陋的盗版 DVD 光碟、宛如天堂般的藏宝殿。

后来，小型藏宝殿已无法满足对艺术电影涉猎日深的我，莲花路上一家大型盗版光碟连锁店便成了我的新天堂，每次一待就是一两小时。每回我都会扫视导演全集的陈列区，安东尼奥尼、塔可夫斯基、伍迪·艾伦、基耶斯洛夫斯基、希区柯克、戈达尔、柏格曼（为原汁原味呈现当年景象，导演名字采国内翻译）等等显赫的名字陈列其上，如同一座座丰伟的墓碑。估计因为大师们不乏市场，架上陆续有新货，每回造访，我总期待有新的名字出现在架上。记得当年在店内偶遇一位资深澳门电影人，顿时感受到阵阵温暖，有如他乡遇故知。当年，是盗版电影，将我们这些散落的艺术电影爱好者，暗中联结在一起。

贾樟柯提到有一次在盗版光碟店，店长向他推介了"贾科长"导演的新戏《站台》。身为"科长"导演本尊，内心五味杂陈，既兴奋又郁闷，兴奋是因为在院线不易看到贾导作品的年代，盗版光碟实际上令更多人看到他的电影；郁闷在于团队努力数年的成果，竟在市场上以几块钱的售价贩卖。

一般电影创作者，对于盗版的盛行，大多严厉谴责。但我相信如果费里尼和柏格曼这些导演，知道盗版光碟为多少无法负担购买他们正版电影光碟的发展中国家的青年影迷，敲开了电影艺术殿堂的大门，其中甚至有不少成了新一代创作者，他们想必也会和"贾科长"一样，为艺术电影的普及和对广大影迷影痴的帮助，倍感安慰。

盗版影碟的美好年代（下）

随着 DVD 逐渐被刻录成本更高的 BD（蓝光碟）淘汰，加上人们愈来愈习惯用手机或 iPad 等随身携带装置看电影，盗版光碟的风光时代已逐渐褪色。没想到堆叠在家中的一片片曾经以为无关痛痒、占不了多少空间的袋装大师电影，经年累月，竟也成了不少影迷的负累。

还记得最后一次在店铺购买盗版经典电影，已是接近十年前的事。当年在北京准备短片拍摄，忙里偷闲跑到中关村电脑商场，跟着店员鬼鬼祟祟地从商场一头穿梭到另一头，就为了取一只硬碟，给我传输电影档案。过程乏味，没有在盘子内翻揭一片片盗版光碟的寻宝滋味，电影档案就像其他存在硬碟内的档案一样，甚至没有廉价复印封面的包装，根本勾不起多少收藏欲。

学电影那几年，听说台中也有一家经典电影影碟专卖店，在窄小的空间内，四面墙上都砌满了货架，依不同导演的名字，满满地塞进连封面都没有、只在光碟上直接写上电影名字的盗版影碟。有趣的是，谈及这家罕见的"作者论"小店，我们当时从不会说老板卖的是"盗版"，仿佛把这家店和"盗版"二字联结在一起，对它来说都是一种亵渎。有一次，和一位博览群片的影痴学长谈及这家店，学长眉飞色舞，说某天在网上搜索到某某极罕见的大师之作，于是刻录成 DVD，拿给老板。老板大悦，和他讨论这位大师的风格之余，更免费跟他交换自己货架上的"藏品"。

这样的利益关系，说是"买卖"或"等价交换"都难免显得庸俗，倒不如说是影迷影痴们的互相交流、学习。相比起价格高昂，经常被束之高阁、无人问津的进口正版艺术片，作者电影的盗版影碟，实际上更能凝聚一班年轻电影学生和影迷，让他们以能负担的价钱研究和讨论艺术电影，为不少家境并不宽裕的艺术电影爱好者，浇灌了成长的养分。

灵光不逝

求学时期，去同学家玩，见他把几张个人摄影作品仔细镶好，钉在墙上。作品内容忘记了，但依稀记得是很不错的照片。当年第一次发现有认识的人，把自己的摄影作品钉在家中"贴堂"，不禁觉得同学有点自恋。

多年后的今日，不少爱拍照的人都会把自己的手机照片，贴在社交媒体上，布置各自的"网上艺廊"。由于方便快捷，又不占空间，每个人的社交账号，就是一个个人展览空间。当年以为的自恋，放在今日，就是十分稀松平常的事。毕竟，互联网可是这个时代最有效的自我表达途径。

不过，每天在社交媒体上欣赏大量的照片后，渐渐地，我也迷上了那些可触可感的实体照片，也开始明白同学制作自己照片时的心情与满足感。一张实体照片，是一件物品，像书本之于文字，相框、装裱卡纸、相纸，之于摄影作品，也是一件衬托美好灵魂的华美外衣。穿上了这件外衣，让本来只是"看见"照片的观者，更聚精会神地"注视"，并沉醉于被摄影师主观地放进构图内的世界。一张实体照片，使人驻足，凝视由每一束光线雕刻而成的影调、颜色、人或物的状态、颗粒、氛围等，继而产生由这些元素共同构建的感受、共鸣。

从前，我不愿买摄影书，一来太厚重不便收纳，二来价钱贵，三来很快读完，性价比略低。但近年，我也开始收藏一些摄影集。翻开一本摄影集，每一页，只有一至两张照片，却蕴藏了一个故事。而翻页，就像欣赏艺术的仪式，类似在展览空间中的移步，从一张照片移向另一张照片，在开始欣赏一张新作品前，先完成一张旧作，那是对艺术品的尊重。

摄影书，不是用来阅读，而是用来感受的。翻开一本摄影书，就像听一张古典音乐黑胶碟，为了感受声音或影像纯粹而奇妙的组合与质地，要无比专注。没有歌词，没有文字，只有那难以言喻、因人而异的一闪灵光。

发型屋

    对发型无甚要求的我，出门理发，但求方便、快捷、自在、便宜，所以特别钟爱小本经营、只有四五张座椅却鲜少要轮候的"发型屋"。

    有别于装潢亮丽别致、追求时尚潮流的新式理发店，发型屋的灯光较为暗淡，空间狭小，老板也常常请不起专业发型师或熟手的洗头小妹，只好一人身兼数职，洗、剪、吹、烫、焗、染……百般武艺，一手包办，更要巧舌如簧，能言善道，熟知时事百态，方可在剪刀与发丝的交锋之间，与擅长交际的顾客们周旋数个回合。当然，传统发型屋的老师傅，科班出身的不多见，靠经验打磨技术，论设计造型，可能稍逊一筹。然而，在泛黄的墙壁与玻璃门上贴上几张过时的明星海报，座椅前堆满几叠八卦杂志和老夫子漫画，打开电视或电台，小小的发型屋，瞬即自成天地。发型屋的真谛在于"屋"，"屋"能提供的，是家一般的温暖。

    也许由于客人不多，也许工作已融入他的生活，当你每隔两三个月再去理发时，发型屋的老板总会记得上回为你剪过的发型、你们讨论过的话题。他就像你的家人，了解你的工作、爱好、人际关系，甚至政治立场，也记得你的烦恼。若你不主动打开话题，发型屋的老板便心领神会，留给你一片自在安静的空间。

    近年，"快剪"理发店兴起，在市场上占据了一席之地。

既然无特别要求，我也贪了个便宜，找了一间就脚的快剪店试剪一番。从自动售票机买了票后，坐进店内唯一的座椅，一切按流程进行。当我礼貌地询问师傅我适合的发型后，似乎因为我浪费了他十秒钟时间，或企图转动他在工作过程中机械化的大脑，他竟然急躁起来，反过来教训我，要我赶快决定，他只管听命行事。

十分钟后，我走出冷冰冰的理发店，不由感叹：似乎在不久的将来，剪发师傅也要被人工智能取代了。

带一首歌去云南

旧手机突然报废，最不舍的，除了未备份的照片和影片外，还有一段旅游途中的录音。

2017 年春天，我在越南遇见了 Q。此后数月，魂魄都留在了越南。年中，怀着连绵不绝的思念，去云南旅游。第一次游云南，去大理和丽江，看好山好水，抬头仰望很近很阔的蓝天。

差不多十年前，宋冬野出道之初，我喜欢上中国民谣。几年后，多愁善感的我，带了一首民谣去云南，那是陈粒的《奇妙能力歌》。简单而空灵的声音，直达柔软的内心，非常适合在穿越旷野的旅游巴上循环播放。这首歌对于当时为异乡魂牵梦萦的我，犹如海浪，一次又一次地抚慰晒得发烫的沙粒。

很多人对丽江古镇的商业化嗤之以鼻，但我喜欢听酒吧的驻场歌手演唱。和北京后海酒吧的潇洒不同，丽江古镇的酒吧多了一份古朴与悠长的余韵，我和同行的 K 挑了一家人少的酒吧，坐下来，点了一首《奇妙能力歌》。我用手机把这位驻场女歌手的版本录下来，但她唱得不怎么认真，又或者认真了，却投放不了感情。

正当我们意兴阑珊之际，驻场歌手示意全场屏息静气，她准备演唱一首自己创作的歌，改编自其个人经历。那首歌叫《拉萨的冬天》，我把它也录下来。演唱过后，我们终于明白，原来她把情感都留在了那首歌中，动人的歌声绕梁不散，直蹿入听众的心坎。"拉萨的冬天下起了雨……"她和前男友在冬天的拉萨分手,那时的拉萨,正下着少见的冬雨(也许是心在下雨)。

原来,除了我带着一首歌来云南,这位歌手也带了自己的歌来。而几天后,我把她的这首歌,当成旅游的手信,放进手机的"行李箱",心满意足地带回澳门。在往后那些难过的夜晚,我睡前偶尔会听一两遍。

可惜,随着旧手机故障,那歌词和旋律,以及冬天拉萨的雨,一同沉进我的记忆之海中。

一个清澈透明的下午

某个户外工作日,熬过烈日当空的正午,走进凉风沁然的大潭山公园。沿着翠绿的步道,走了约莫二十分钟的路程。下午四点和煦的日光,被山上招展的树枝切成了薄薄的光块,像被切成薄片下锅的洋葱。这么说,并不意味着我怀有想哭的心情。不,丝毫没有,之所以比喻为洋葱,只因为那个下午的阳光,尤其清澈透明,一如我当时的心境。

一路上,我遇见一对情侣。女孩牵着一只小狗,印象中应该是棕色的贵妇犬。她身后跟着一个男孩,两人脸上都挂着微笑,悠闲地散步。幸福洋溢在他们脸上,那神情深深地刻印在我的脑海里。将来的某一天,我也要带你来这里,沐浴在下午四点的温和日光下,在这条人烟稀少的步行径上,度过一个百无聊赖的下午,共煮一片片暖阳为乐。从前,伴随日落,我的心情会逐渐低落,但有你的日子,我不再惧怕步入黑夜,与你一起步入的黑夜,想必也会满载明亮的星星吧。

二十分钟的路程,我一直回想我们越积越厚的过去,以及想象我们相隔超过一年后重逢的时刻。那奇迹般的刹那,会发生在火车站、你家门外,还是我们初遇的河边?会是一个清晨、夜晚,抑或像我走在步行径上的这个接近黄昏的魔幻时刻?从前,我相信对过去的缅怀与对未来的渴望是两列永不相遇,开往相反方向的列车,但当我越来越习惯在我的城市想念你,我越发确信,过去与未来,实际上时刻都紧密交织。每一秒回想我们过往的甜美，甚至争吵，都加深了下一秒对你的渴求与爱恋，以至一发不可收的，对将来生活的每一寸想象。

我喜欢这样的独处，你不在我身边，却又时刻在我身边。我没资格谈论空虚与寂寞，因为在我的内心深处，有喜欢的文字，有喜欢的人。我有一辈子，阅读你，一本来自绵长的往昔，且已悄然进入我生活的书。

（写于因新冠疫情而被逼与 Q 分隔两地十四个月后）

红街市

三月尾，春暖花开，放了一周长假，朋友问我有没有去哪里玩，我说红街市。朋友一笑：你每天去红街市玩吗？

红街市因进行重整，改善街市内的设施，将关闭两年。一众区内区外的街坊们，有的带上摄影机，有的带着手机，去缅怀、记录这座陪伴了我们八十多年的古旧建筑重修前的容貌。自从二十多年前常常跟嬷嬷去红街市买餸的短暂日子后，我甚少再踏足红街市。犹记得当年每次离开街市，嬷嬷总会和门外的三轮车师傅讨价还价，最后以十块或十五块的价钱，让师傅载我们回到贾伯乐提督街的老家。那段记忆像萦绕多年的梦境，很模糊，但红街市门外几辆三轮车停泊的景象，在我脑海中又异常清晰。

重修前几天，我也故地重游，独自走进阴雨天气下略显昏暗的红街市。很想带上嬷嬷，但街市依旧，人面全非，嬷嬷已然不在人世。与当年相比，来买餸的街坊或许已换了一代，但不少档贩们似乎仍坚守自己的岗位，二三十年来风雨不改，在这个泛着暖黄灯光却又黏湿血腥的冲突场景中，为大大小小的家庭服务。这些陌生的面孔，也许曾经每天和嬷嬷寒暄问候，甚至跟当时厌恶街市环境的我打过招呼。虽然当下互不相识，却又不可断言素未谋面。

在红街市重整前营业的最后一天，我早上七点多前往街市，很多摄影师和我一样，甚至比档贩们更早到达。一些档贩已搬走，剩下的有些正在收拾生财工具，准备搬离，有些则仍正常营业。不少街坊买馈之余，和档贩合照留念，大家有说有笑，聊起昔日种种，场面温馨。尽管以后仍会再相见，但在老旧的红街市内相遇的这些岁月，此情此景，却是可一不可再。

如果嬷嬷还在，我一定也会用相机，为她和相熟的档贩们，拍几张照片留念。

小心翻阅

近日，和友人谈书，见对方给我展示书中某页内容时，将书的硬衬往外用力一折，我心里猛然"咔"地响了一声，经辨认，是心痛的声音，回响良久。

另有几位朋友，几乎从不买书，想读书就去图书馆借阅。我甚至一度怀疑，他们极迷醉于翻阅残破发黄旧书页的感觉。所谓书香，对他们而言，应是年代久远的旧书味。除了很旧很旧的书，一般的书读完就还，没有想占有的欲望。

某些电影导演，要改编的书，一页页撕下来，写笔记眉批，钉在水松板上，当便条纸用。爱书之物理性的人，痛彻心扉，但对于大导演而言，书页皆工具，无可厚非。

在这个电子书渐渐普及的年代，实体书不甘落后，物理性抬头，和精神性相辅相成，相得益彰。内容精彩固然重要，但封面设计、排版、材质等，也是吸引不认识作者的读者翻阅，以至购买的重要因素。没有身体，如何装载心灵？正如你没法把一部电影的表演，和摄影、灯光、录音分开，你也难以把恋爱关系中的爱与性彻底分离。

拙作《霓虹餐厅》采用蜡纸作为书封，蜡纸透薄，脆弱，易皱易破，不好保存。我常跟朋友打趣，如读了喜欢，可多买一本、两本在握，一本当枕边书，翻皱翻破没关系；另一本束之高阁，用作收藏。当然，我不信有人真会采纳我的建议。

着重书的精神性多于物理性的人，家里不一定多藏书，却是满肚墨水的知识分子；重视书的物理性多于精神性的人，藏了一柜子的书，最后成了收藏家。渴望两全其美的人，读一本书，物理性和精神性像沙漏的两头，此消彼长，是个不可逆、既充实又可惜的过程。

话虽如此，一本书，翻与不翻，从来不是一个问题，因为书终究用来翻阅，文字毕竟要化作记忆。但怎么翻，才能同时保存它的物理性和精神性？似乎也只能好好学习，学习如何对身边事物温柔以待了。

过期报纸

报纸和食物都有有效期。一般而言，很多食物有不少于数天乃至数月的有效期；而报纸，只有一天时效，过了出版当天，人们对那份报纸不再感兴趣。然而，和食物一样，人们习惯积存报纸，尽管它的有效期已过，存着，总有用处。

今时今日，注重环保的现代人，纸张用过一遍，反过来，即可循环再用。其实，上几个世代的人，已懂得节省纸张，旧时代的环保意识，真正体现在价格低廉的一沓沓报纸上。读过的报纸，叠起来备用，吃饭、摘菜、上漆、染发、清洁、包装……一张报纸铺开，覆盖面积大，几乎无所不能。

报纸是旧时代知识分子必不可少的配备，在没有互联网的时代，手握一份报纸，便以为尽知天下事，家国天下，尽收在这些仔细折叠好、夹在腋下的油墨中。有趣的是，当期报纸被人如珠如宝满怀期待地捧在手上，而报纸一旦过期，必然会转换一种形式，显得和知识分子的派头格格不入。像张爱玲笔下四十年代的上海，《封锁》的主人公吕宗桢，身为堂堂华茂银行的会计师，受夫人所托到面食摊子买菠菜包，热腾腾的包子即使用报纸包裹着，仍不免使他感到难堪——"一个齐齐整整穿着西装戴着玳瑁边眼镜提着公事皮包的人，抱着报纸里的热腾腾的包子满街跑，实在是不像话！"

随着互联网的流行，人们习惯上网读新闻，报纸销量渐不如前。家中不再积存报纸，唯一留下的，就是以前读过认为有意思并剪下来收藏的文章。报上若刊登了我写的小说，偶尔也会存下来。犹记得嬷嬷过世前几天，在医院病床上迷迷糊糊地向我提起她当天在报纸上看到的一个太阳图案。我琢磨了半天，才明白她说的，是我一篇小说的插图。那是我刊登在报上的第一篇有插图的小说，我记得她向我描述那个图案时，眼神充满了喜悦。

　　遗憾的是，那份过期报纸，我竟没有留下。

断舍离

最近从某电视节目中得知，一台湾影评人家中杂物堆积如山，数十年囤积下来的生活用品、报纸书刊、宣传单张、儿时的奶粉罐、吃过的饼干盒等，像层层叠一样，统统塞进狭小的住处，甚至占据了睡床。影评人夜里只能挪开报纸资料，勉强屈膝，与老鼠蟑螂同眠。

画面所见，影评人手执多年前的朱古力曲奇空盒，说如果不再进口，它就会在市面上绝迹。对影评人而言，这些杂物本身的用途已经不重要，他留着它们，是因为对它们有情感，是为了留住生命中的痕迹，供日后翻阅咀嚼。

我也有过很多没翻开过的书，没拆开过的影碟，没写过的笔记本。有类似囤积行为的人肯定不少，只不过没这位影评人般严重。我们又何尝不是贪新恋旧，在花花世界中任意穿行，满足我们的购物欲、收藏欲，总说服自己某件物品对自己有用？但心满意足地捧回家后，它就会渐渐被遗忘，覆上一层厚厚的尘埃，如在暗处被盖棺的一具冷冰冰的遗体。当你再次记起，把它握在手里，百般滋味在心头，你似乎明白自己当日的购物行为是何等荒唐，然后含泪丢弃。可是，不久的将来，你又会重蹈覆辙，等待下一次的"断舍离"。

"断舍离"是近年潮流，很多人透过收拾处理家中个人物品，解开了破坏家庭关系的心结。囤积的物品未必有用，要懂得舍弃；囤积的情感亦然。"断舍离"的真正目的并非丢弃环境中多余的物品，而是要整理自己的身心，断掉欲念，了解自己。

现代人的囤积症，并不仅仅体现在这些占据实际空间的物品之上。只要看看电脑桌面上的档案，手机的照片和影片，再想想有多少是极少甚至从来没打开过的，就知道是不是也该做一次数位"断舍离"了。

我想和你虚度时光

以前庆幸自己头脑清醒，幼时读书音乐绘画一律不爱，不必像隔壁邻舍的小孩，买书买琴买画具；长大后不爱车不爱酒，不用花钱追型号追年份追产地。后来有了自己的兴趣，喜欢过一些人，入过迷，虽常常未至于爱，但渐渐明白，人生中能找到适于把自己收纳其中的人或事，并不会产生旁人以为是"燃烧耗尽一点什么"的感觉。那些曾经或仍为我们所爱的东西，通过能量守恒，终究以另一种形态，一点一点地，钻进了内心，充盈了生命。

对于不易"入迷"的人而言，人是轻的，易被时光带走，日子太短，老去太快。"入迷"是通往"爱"的入场券，是"爱"的幼苗，一旦长成，时光的流逝蓦然放缓。恋爱中的人，甚少注意到头上的白发，也不太在意脸上的皱纹，一切都能被爱抚平，像涟漪终归平静安然。

对一生所爱，你并不会计较正在付出的金钱、时间或精神，不会把它们当作某种"成本"。如果有了罪恶感，觉得人生的某部分被挥霍、浪费掉，就该回头重新审视自己终日挂在嘴边的"爱"。毕竟爱的本质是可表现为"我想和你虚度时光""我想和你虚耗精神"之类不具贬义，甚至带点自豪地宣示的"虚务"。

和你在一起时，时间黏稠混沌而无方向性，人生仿似一趟只有"景点"却无"终点"的旅行。爱不是赌注，没有价码，是被所有语言天真地尝试拥抱而不得，最终落得流放下场的无籍孤儿。爱是能自给自足的孤岛，是明灭无常的一点火光。它把责任加在身上，如龟背壳般自然而然。它是从不焦急的迷路，是不刻意雕刻却自成一格且显赫崇高的艺术创作。它是把死酿成生，把苦涩在混浊的乱流中提炼成蜜的奇迹。

爱是乱码的诗，是把世界融化成液体来感受的柔软。

某个下午，一只飞到窗棂上的麻雀，静悄悄地驻足。你仿佛见过此情此景，在梦中，或在无尽的印象旋涡里。

但也许，你不曾，亦始终不会遇上如此一个，命定的下午。

（京权）图字 01-2024-5377

图书在版编目（CIP）数据

一个人的广场舞 / 古冰著. -- 北京：作家出版社，2024. 12. -- （澳门文学丛书）. -- ISBN 978-7-5212-3152-6

Ⅰ. I267

中国国家版本馆 CIP 数据核字第 202421KB02 号

一个人的广场舞

作　　者：古　冰
责任编辑：张　平
装帧设计：意匠文化·丁奔亮
出版发行：作家出版社有限公司
社　　址：北京农展馆南里 10 号　　邮　　编：100125
电话传真：86-10-65067186（发行中心）
　　　　　86-10-65004079（总编室）
E-mail:zuojia@zuojia.net.cn
http://www.zuojiachubanshe.com
印　　刷：三河市北燕印装有限公司
成品尺寸：133×214
字　　数：239 千
印　　张：9.875
版　　次：2024 年 12 月第 1 版
印　　次：2024 年 12 月第 1 次印刷
ISBN　978-7-5212-3152-6
定　　价：42.00 元

第一批出版书目

以上按作者姓氏笔画排序

曾几何时

王润宝 / 著

Colecção Literatura
de Macau

澳門基金會　中華民國政府

本丛书由澳门基金会暨澳门中华文学基金会资助出版

作家出版社

第二批出版书目

太　皮　《神迹》

尹红梅　《木棉絮絮飞》

卢杰桦　《拳王阿里》

冯倾城　《未名心情》

朱寿桐　《从俗如流》

吕志鹏　《挣扎》

邢　悦　《被确定的事》

李烈声　《回首风尘》

沈慕文　《且听风吟》

初歌今　《不渡》

罗卫强　《恍若烟花灿烂》

周　桐　《除却天边月没人知》

姚　风　《龙须糖万岁》

殷立民　《殷言快语》

凌　谷　《无边集》

凌　稜　《世间情》

黄文辉　《历史对话》

龚　刚　《乘兴集》

陶　里　《岭上造船笔记》

程　文　《我城我书》

程祥徽　《多味的人生之旅》

───────────

以上按作者姓氏笔画排序

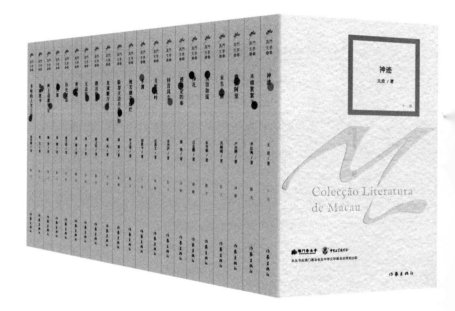

第三批出版书目

一向年光有限身
太皮／著

Colecção Literatura
de Macau

第四批出版书目

滴水集

李观鼎 / 著

诗 集

Colecção Literatura
de Macau

澳門文學 丛 书